# 木星时刻

李静睿 / 著

广西师范大学出版社
· 桂林 ·

小阅读 · 文艺

# 目录

# 木星时刻

# 1

我们从春天开始等待，一路等到七月，终于等来一场大雨。

真正的大雨，暴雨如注，不舍昼夜。雨下到第三天凌晨四点，我对汪晓渡说："差不多了。"家中漆黑，三天前我们就偷偷拉掉电闸，太阳能供电板随之启动，到了现在，供电板的余量也已经耗尽。就是这个时刻了，而这个时刻就像窗外大雨，很快将会逝去。

汪晓渡点了一支蜡烛。半年前，我们偶然在超市的一个小角落里发现蜡烛，透明塑料袋落满灰尘，印着"无烟蜡烛"四个黑字。我惊喜万分，拿起来对汪晓渡说："你记不记得，我们小时候就用这种，停电用白色，死人用红色……"外婆死掉的时候，妈妈让我一直守着灵堂，灵堂里的蜡烛整夜不能灭，滴下的蜡油堆在桌子上，像是半凝半融的血。

塑料袋里既有白色蜡烛，也有红色蜡烛，都化掉了一些，相互交织在一起，像谁死了，血先是流出，继而慢慢淡去。

汪晓渡按住我的嘴："小声点，万一别人听见了。"

没有人注意我们，超市门口是自助结账机。我们故意排在最后一个，买下这些蜡烛，所有这些，两包一百支，可能是全世界最后的蜡烛。我们回到家中，把它们用黑色袋子层层裹好，放在我的内衣收纳箱里。

半夜，我竭尽所能压低声音："为什么还有蜡烛？"

他对着我的耳朵呼气："他们可能把这件事给忘了。"

也只能是这样。他们记得销毁拖把、菜刀和挤奶器，却忘记了蜡烛。蜡烛，"是由蜡或其他燃料所制成，中有烛芯，点火之后可以持续燃烧的用品。蜡烛一般用于照明，但在电力革命以后逐渐被电灯取代，现在蜡烛多是停电时的备用照明用品"。

系统忘记它，大概因为他们忘记了人世间还有停电这回事。系统现在也没什么人了，AI 们又都非常年轻，它们什么都知道，但它们对任何事情都不关心，比如人类的心情，比如不过二十年前，我们使用蜡烛，自己开车，每天做饭，亲自怀孕，用奶瓶给孩子喂奶，屏住呼吸处理婴儿大便，为他们拉肚子整日忧伤，并且认为这一切非常合理。

借着这么一点点微光，我们拿出储物间里早收拾好的东西：衣服、急救包、酒精锅，一箱方便面。每年有三次郊外野餐额度，我们总是提前一个月就开始兴奋，准备种种过量物品，去年最后一次野餐，我们一人吃了四包方便面，回到家中拉了好几天肚子。芯芯提醒，如果再有一次"过度生理放纵"，我们明年的野餐额度将会被取消。

好几天了，汪晓渡总在半夜偷偷提醒，"想办法多买一些午餐肉和榨菜啊，这样我们可以煮出很好吃的面"。这些东西都有个额度，我毫无保留，用完了今年额度，好像我们真的是要去郊外野餐。

是的，野餐，我们这样告诉芯芯，"七月二十五日，外出野餐"，这让我们的各种准备获得了系统的合法性许可。芯芯说："重复，七月二十五日，外出野餐。本年度第一次野餐，本年度野餐余额为……三。"芯芯在"为"后面有一个轻微停顿，因为她得计算，只有在她计算的那么零点零一秒的时间里，我才能穿过她说不清像我还是像汪晓渡的脸庞确认，芯芯不是我们的女儿，她是我们的 AI。

我和汪晓渡十年前结婚，婚后一个月，按照法律规定，我们有了芯芯。法律还说，"公民有权按照个体偏好定制家庭 AI"，所以芯芯有我的眼睛、睫毛和鼻尖弧度，汪晓渡的眉毛、头发和皮肤。80% 的性格来自汪晓渡，他乐观、开朗、善于社交，但他冲动、易怒、缺乏耐心，所以需要我的20%进行中和，这个比例我们讨论多次，最终确定。

填定制表格的时候我有点担心，问汪晓渡："万一出了错怎么办？万一她眼睛像你性格像我怎么办？"

汪晓渡安慰我："不会的，不会出这种错。"

"万一呢？我不想她性格像我，像我不好，老想自杀。"

汪晓渡笑出声："机器人怎么自杀？"

我打他的头："那才可怜啊，想死，不能死，一直活着，像我们。"

汪晓渡摸摸我的头发："错了也没关系，我们换一个，再走一次申请程序就行……对了，头发还是像你吧？像你自然卷，蓬蓬的多好看。"

一个月后，我们收到了芯芯，蓬蓬长发，装在一个巨大纸盒里。芯芯和想象中一模一样：圆圆杏核眼，鼓鼓尖下巴，鼻头上翘，抿着嘴唇。她乐观、开朗、热情、温柔、耐心，不生气，不抱怨，从来不想死。总而言之，她是我们毕生优点的总和，却又完全不像我们——她根本不像一个人，人不是这样的，人是遗憾的产物，人总会让人烦心。

我们没有换一个。芯芯没有什么不好，既然每个家庭必须拥有一个AI，那我们就有了芯芯。她替我们做饭、洗衣、清洁房间，她汇总各个房间的监控视频，监督我们的每日工作进程，每周末做出当周评估和下周预测。今年春天以来，我俩都心神不宁。根据视频分析我们的表情、语言和心电图，芯芯已经连续七次给出五分以下，再有三次，我们就会被降级，降级意味着失去工作、收入、眼前一切，包括芯芯。

芯芯坐在沙发上。每晚我们都睡下之后，她喜欢坐在这里，双眼闪动光芒，处理各种数据。芯芯发现问题，再把问题上传给系统，自行修复微小 bug，安排明天的早餐，确认所有的事情，按照系统既定的规则和秩序。

芯芯天然臣服于规则和秩序，但我们不是，我们大概是最后一代上学时还能逃课的人类，汪晓渡现在总说这件事："我天天逃课，去山上打鸟，那时候山上好多鸟。"

我说："我也是，我就没上过第一节课，根本起不来。"

现在这些事情都不再发生。我们现在不怎么能看到鸟，除了每年三次的法定野餐。我们坐在草坪上，看鸟从灌木丛中飞起，我说"啊，喜鹊"，汪晓渡却坚持认为那是一只燕子。我们都试图说服对方，但大家都对自己的记忆抱有一种近乎偏执的坚持，毕竟到了现在，记忆是我们手中仅有的幸存的东西。

这些事情都消失了。打鸟，懒觉，种种无关紧要的事情。现在芯芯每天早上七点叫醒我们，晚上十一点熄灭家中所有的灯，根据她的数据，这个时间最适合我们休息。如果我们在半个小时内依然没有进入深度睡眠，芯芯就会径直走进卧室，给我们注射助眠药物。

芯芯当然爱我们，然而这是她所懂的唯一一种爱。现在她熄灭了，坐在沙发上，紧闭双眼。眼睛是她的开关，十年里，她总睁着那酷似我的眼睛，确保家里所有事情都在她的眼下，一刻也不会停息。我们等了这么久，就是为了等这一场大雨耗尽家中电量，这样她就终能停息。

## 2

去年年底我们才搬进这栋房子。按照系统的要求运转多年之后，我们的家庭社会评级终于达到 A-，这意味着我们可以从三居室搬至联排别墅，各自拥有每日三十分钟的法定无监控时间，在此之前我们一直只有十分钟，B 级家庭只配拥有十分钟。我们还年轻，欲望持久而强烈，经过多年配合，汪晓渡学会了怎样把整件事精确控制在十分钟之内，不浪费一秒，也不跨越一步。这让我们搬家之后的第一次性生活显得非常古怪，十分钟之后，我们无所事事，又无法再来一次，只能赤身裸体，在床上下了一盘五子棋。下次可以长一点，我们互相说，但身体就像被调好了闹钟，时刻滴答作响，我们实在无法在滴答声中再长一点。就这样，我们渐渐对性失去了兴趣，把那三十分钟用在了别的地方，随便什么地方，汪晓渡在车库里不知道鼓捣什么事情，我则躺在床上看一集多年前的连续剧，看里面的人在随便什么时候做爱，看他们在炽热的夏天吹着风扇，流下汗水。

只有 10% 的家庭能分配到这样的房子，不管从哪个意义上来说，我们好像都成功了，除了我们没有孩子。没有孩子的家庭，无法在社会评级中获得 A 和 A+，达到这样的评级，就能住独栋别墅，更大的院子，更好的 AI，游泳池，儿童游乐场，更长的无监控时间，其实也就是这些东西，像一张菜单，密密麻麻写满繁复菜名，但你无法点一个菜单之外的东西，哪怕只是一盘清炒土豆丝。

汪晓渡说："我们不能那样。"

我表示同意："绝对不行。"

联排别墅带车库和地下室，另有一个下沉式院子，我在院子中种了一些辣椒、小葱与大蒜。小葱品种不对，长成大葱粗细，辣椒有青有红，是标准的四川二荆条和小米辣。它们都长得很好，但并没有什么用处，泥下的蒜瓣先是发芽，随后长出高高蒜苗，又抽出细细蒜薹，最后一切都枯萎了，又回到一粒粒的大蒜。我把大蒜留在地里，辣椒蔫透了，渐渐变得焦黄，耷拉在枝头，看起来垂头丧气。我对汪晓渡说，妈妈要是看见，一定会不开心。

我们现在不被允许自己做饭了。法律说，"为保障公民人身安全，公民个人不得进行任何危险操作，包括但不限于烹饪、驾驶、运动、手工制作、电器修理、家庭清洁等"。法律实施前我特意去告诉妈妈，她挥舞手中锅铲："放屁，哪个说的饭都不准做？嫑挡斗我，锅里头要糊了。"她给我们端出一大盘回锅肉，蒜苗碧绿，清香扑鼻，二十分钟前才刚刚从院中扯下。

妈妈一直不信什么狗屁法律，直到她热火朝天做了一桌菜给我过生日，然后被拘留十五天。从看守所出来之后，她扔掉锅铲，开始吃琴琴做的饭菜，琴琴是她的家庭AI，擅长川菜、面食和日本料理，这些技能我亲自下单定制，我向妈妈保证，琴琴做饭会非常好吃。

"是还可以，就是油少了点。"妈妈说。

"油多不健康，琴琴把油盐都配好，这是为你好。"我说。

妈妈点点头，表示理解。但她渐渐不爱吃饭了，像我们大多数人一样，她靠牛奶和代餐粉活了下去，她原本是个胖胖的中老年妇女，后来则和我差不多瘦，瘦是好的，系统赞许瘦子。

搬家后大概一个月，清晨起床，汪晓渡正在厨房里喝牛奶，他见我进来，清清喉咙，对正在给我准备代餐粉的芯芯说："今日无监控时间，八点至八点三十分，共同使用，地点，车库。"

芯芯点点头："今日无监控时间确认。地点：车库。时间：八点至八点三十分。车库摄像头设置完毕。"

我看着他，感到疑惑，搬家之后，我们从未去车库做过，也从未在清晨做过。工作时间由九点开始，在此之前，有大概半个小时的时间，我只想死，但死也并不容易，法律不允许自杀，若是死不掉，我会被判终身监禁，若是真死了，汪晓渡会被判终身监禁。

汪晓渡对我眨眨眼睛，又喝了一口牛奶，牛奶糊在他的唇上，像我们刚刚相识，某一个清晨，我们一起喝牛奶，喝出乳白胡子。那时候我们还在清晨做爱；那时候我们还能自己做很多事情，种种"他们"判定为危险的事情；那时候还没有这部或者那部法律，像一张不断自我进化的大网，开始还能漏出一条条鱼，后来甚至无法穿过小小虾米。

我们七点五十五到了车库。车库有两辆车，以前我们只有一辆，进入 A- 家庭后政府又发了一辆，最新款，彻底无人驾驶。以前我们还可以坐在驾驶座上，以防紧急状况，汪晓渡喜欢把手搭在方向盘两边，装模作样通过看后视镜看路况，伪装成他还是自己开车，而我喜欢坐在副驾驶座上，放古尔德弹的巴赫，伪装成这还是多年以前。

最新款则不行，我们必须坐在后座，系好安全带。《安全行车法》颁布只有八年，汪晓渡在我们结婚那年考到了驾照，我们没有什么钱，而那时候买车还需要花钱。我们选了一辆小小的二手红色日产，车已经有十年，却保养得很好，后视镜上挂一个金阁寺的交通安全御守，木头外包着红色绸缎，汪晓渡说，我们以后也去金阁寺。

我们总在深夜开出去兜风，往根本不知道哪里开去，打开天窗，让《哥德堡变奏曲》传到天上。有一个晚上木星格外地亮，紧挨着月亮也看得清清楚楚，我对汪晓渡说："你知不知道，木星就是吉星……所以这就是吉星高照，我们是不是会发财？"

汪晓渡停止抽烟，他把烟圈往木星的方向吐去："放屁，难道这个时候看到木星的人都能发财？"

好像也有道理。但不管怎么样，在那个时刻，木星就在那里。后来我们没有发财，只是财富也变得不再有什么意义。那辆日产"基于安全原因"被没收销毁，系统给我们分配了一辆新车，一切都很好，除了不再有天窗，"基于安全原因"，所有天窗都被取消了。我们坐在崭新的车上，从一个地方，精确而安全地，到另一个地方去。

那五分钟很长，终于到了八点。汪晓渡确认三个摄像头都已经关闭后，没有任何征兆，钻进了一辆车的车底，然后伸出一只手，招呼我过去。

我满心疑惑走过去，看见地上有一个巨大的洞，汪晓渡拿着一个扳手，得意扬扬，站在洞里。

3

我没有想到，还有能再见到扳手这一天，要是爸爸在这里，他应该会开心。

爸爸做了三十年电工。小时候我总陪着他四处修灯，他常年穿蓝色工作服，不是这套就是那套，拎一个黄色工具箱，那箱子非常沉，我是个矮矮小不点，却总想在边上帮他。爸爸开始不让，后来则慢慢让我搭把手，他说，星星，小心一点，里头有锤锤儿和扳手儿哦。

我被扳手砸到过一次，四岁还是五岁，砸在膝盖上，破皮之后涂上紫药水，留下一个星星形状的淡淡黑印。后来不再有"电工"这个职业，危险工具则必须统一销毁。爸爸已经退休了，好几天不眠不休，抱着他的工具箱。我挽起长裤，给他看膝盖上的疤痕，说："你看，要是当时砸到头，我就死了。"

爸爸说："不会的，我看着你呢。"

"那我怎么砸到的？"

"这是腿，我不会让你砸到头的，我看着你呢。"

"砸到腿也很疼啊，我疼了一个星期呢。"

爸爸哭了："我能不能留把螺丝刀。"

"爸爸，现在不需要你自己拧螺丝了。"

"我想自己拧螺丝。"

"没必要，为什么一定要自己拧螺丝？"

"我想自己拧螺丝。"

就这样，一个死循环。最后当然没有留下螺丝刀。爸爸在第二年死于脑出血，因为他一定要用手去拧一颗螺丝，越拧越着急，也许系统是对的，拧螺丝意味着危险，而危险应当被禁止。如果爸爸不拧螺丝就不会死，但爸爸想自己拧螺丝，爸爸死了，死循环还在这里。

他走之后我收拾东西，发现他在床下藏了一个黄色箱子，里面用橡皮泥捏了一套完整工具：锤子，扳手，十字螺丝刀，一字螺丝刀，卷尺，榔头，试电笔，美工刀，钳子。我这时候才知道，原来还能买到橡皮泥。

明知道摄像头已经关了，我还是下意识压低声音："这是什么？！"

汪晓渡挥舞手里扳手："一个地洞，我几天前发现的。"

"怎么发现的？"

"我想看看车的底座，发现地上有一道暗门。"

汪晓渡刚学会开车的时候，喜欢装模作样钻到下面修车，再沾一身机油出来。我觉得这非常傻，但又有点怅然，因为这让我想到爸爸，爸爸总相信，他能亲手修好一切坏掉的东西：冰箱，电视，打不上热水的热水器，不制冷的空调。

我钻进洞里，看见一辆小小的红色日产，就像十年前我们自己拥有的那一辆，但这不可能，那一辆我们亲眼看见它被送入危险物品销毁中心。那地方在城市之外，我们使用了一次郊外野餐的额度，让无人驾驶汽车把我们载到那里。出城往北开一个小时，开始我们也担心找不到，但后来发现这不可能。车渐渐往山上开去，山风浩荡，吹过两旁那些并不破败、却已被废弃的房子。野草长到过人高低，草丛中是绵延几十公里的自动传送带，上面排着那些等待被销毁的汽车、电器、工具，所有在二十年前构成一个家庭而当今被法律定义为"危险"的用品，像一个它们的奥斯维辛。我们沿着传送带走了很久，终于找到自己那辆日产，挂着金阁寺的交通安全御守，在传送带上一点点向前挪动。它真的很旧了，汪晓渡开得也不大好，总与路边乱停的车刚蹭，车身上满是划痕，我们就这样看着它，越走越高，直至进入中心。

我们流着泪回到城市，因为这次违规出行，我们写了五篇存档报告，又失去了那一年剩下的野餐额度。野餐应该在指定的地方进行，那地方没有什么不好，湖泊，小溪，树林，草地上开满杂色野花，如果选在盛夏，桑葚熟透了，顺着风簌簌下落，像一场紫色的大雨。那里真是美啊，但你只能去那里。有方圆三公里可以选择，而你无法超出这三公里。一开始我们对此没有意见，"三公里够了"，但渐渐地，和所有我们本来没有意见的事情一样，这变得让人丧气。

　　我摸了摸车灯，终于尖叫起来："这是什么？！"

　　"车啊，跟我们以前那辆一模一样！"汪晓渡挥舞扳手，兴奋极了。

　　"我知道是车，怎么会有车？！"

　　"应该是以前住的人留在这里的，他们没把它送进销毁中心。他们什么都没送！车，汽油，什么工具都有！我还找到一个手磨咖啡机！"汪晓渡放下扳手，想给我找咖啡机，以前每天早上都是他现磨咖啡给我喝，我们一直喝一种肯尼亚的豆子，后来大家只准喝无咖啡因的饮料，因为咖啡因对身体不好，而所有不好的事情，逐次逐次都在消失。

　　"他们怎么做到的？"

　　"什么怎么做到的？"

　　"留着这么多东西。"

　　"谁知道，想做总能做到的吧？我们就是太听话了，甚至没有去想。"

　　"这里有多大？"我往前看了看，隐约见到绵延弯曲的一条长路，像我们在某条巨蛇的肚子里。

　　"不怎么大，但是非常长，我每次只敢走十五分钟，前面看着还有很远。"

　　"前面是哪里？"

　　汪晓渡看着我，好像我问了一个极为愚蠢的问题："外面啊。"

对的，外面，现在我们习惯性这样称呼城市之外的地方。外面，是无人居住之所，没有人，也就没有与人相关的一切，系统，管理，摄像头，AI。因为不便于管理，现在也不再有农村，所有的人都必须进入城市生活，留下上次我们见到的那些房子。

我往那条看不清终点的长路望去，下一次我会带上蜡烛，搞清楚它到底能带我们走向哪里。


4


从那时候开始，我们大部分时间都待在车库。虽然每天的无监控时间还是只有三十分钟，但我们都愿意在里面多待一会儿，挨着那辆无人驾驶汽车，以及汽车底下绵延悠长的秘密。

汪晓渡把书桌也搬了进去，填满仅有的一点点空地。我们就在里面工作，书桌不够长，两个人肩挨肩靠在一起。为了支开芯芯，我们要求吃正常饭菜，这倒是法律允许的，只要我们不自己烹饪，以及接受一份"公民定制健康菜单"。

芯芯做好饭，我们让她送到车库里。健康菜非常难吃，蔬菜青是青白是白地摆在盘子里，放一点点"公民订制健康调味汁"。那调味汁没什么味道，我只能自我想象成一只兔子，硬生生把蔬菜吞下去。

小时候外婆自己养兔子，灰兔子和白兔子，拉一粒粒硬硬的屎，兔子屎臭极了，鸭子屎稍好一点，我有时候会想念那种味道，像想念一百年前，但我只有三十五岁。那些兔子最后都被我们吃掉了，混杂着大量姜丝和辣椒。外婆做的任何肉类都混杂着大量姜丝和辣椒，辣椒对胃不好，她死于胃癌，我对汪晓渡说，外婆愿意这么死。

吃着吃着那一盘子草，我突然哭起来："外婆烧的油焖笋真好吃。"

芯芯站在旁边，搜索了一下资料，说："油焖笋，净春笋 250 克、花生油30克、酱油15克、白糖15克、生抽100克。"像每一次搜索那样，她停顿了一下，然后得出结论："无效菜单，已被系统禁止。"

我推开盘子："我吃完了。"

芯芯又说："吃饭时间低于五分钟，不利于胃肠健康。"

我下次就掐着表，刚好吃五分钟。芯芯不再说什么，收拾好东西出去，她会把碗筷放入洗碗机，又开始洗涤衣物，准备打扫卫生，这将耗费三十分钟。我们一般选择在这三十分钟结束后开始无监控时间，经过这段时间的观察，汪晓渡发现芯芯在打扫卫生时发生了内部线路冲突，也就是说，她这段时间里只能处理这唯一一件工作，这意味着我们的无监控时间事实上可以延长三十分钟。

"每个AI都有自己的bug，只要你多点耐心，以及不要向系统报修。"汪晓渡的工作，就是专门修复AI的bug，他每周只需出门一次，去系统中心下载各个家庭的报修文件，再带回家里工作。大部分工作现在都只需每周出门一次，因为系统认为，出门这件事意味着危险，本来这些文件也可以在家共享，但系统担心我们通过这种方式入侵。汪晓渡说，这件事两年内就会消失，系统正在升级，到时候我们很可能无法出门。系统每一次升级，都意味着我们的生活会发生某种改变，每一次都是小事，看起来都不怎么剧烈，但我们就是一步一步地，抵达了今天。

一个小时，步行最快可以走七公里，算上往返和休息，我们点上蜡烛，最远去到过三公里左右的地方。那条路歪歪斜斜，又越来越窄，到后面仅能容那辆日产勉强开过。我们量过了，车身宽一米七六，那条路最窄的地方只有一米九，我们应该得把后视镜扣上才能出去。挖出这条路的人，粗糙而精确地，给不知道谁留出了一条车道，虽然我们迄今还不知道通往哪里。

那三公里多我们来来回回走熟了，后来的无监控时间并没有什么事情做，但我们还是喜欢钻进地洞，坐在车里。他坐驾驶座，我坐副驾，我们系上安全带，摇下车窗，像多年以前的那些夜晚，我们打算出去兜风，随便去哪里。

现在却只有这里，一个黑漆漆的地下暗道，我们甚至舍不得点一支蜡烛。我们在暗中谈话，沉默，抽烟，汪晓渡找到了一条软玉溪，和我们以前抽的那种一模一样，烟雾在黑暗中升起，又往不确定的方向蔓延。现在也有电子烟，去掉了尼古丁、焦油、一氧化碳、胺类、酚类、烷烃、醇类、多环芳烃、氮氧化合物、重金属元素镍、镉及有机农药，汪晓渡抽过一次，跟我说："你别抽了，这是诈骗。"

现在我们抽着烟，真正的烟，我吐出一个无人看见的烟圈："你说，这地方怎么挖出来的？"

汪晓渡好像也在吐烟："谁知道，他们这里还有切割机和电钻。"

"你记不记得以前有部电影，一个人在监狱里挖了洞，后来从下水道里跑出去了。"

"记得，蹚了五百米的粪坑。"

"这前面会不会也是粪坑？"

"谁知道，有可能。"

我们都沉默了，想象着一个有粪坑的远方，但那依然是远方。我吐出一个更悠长的烟圈，如果它一路不散，应该能抵达有光的地方，哪怕途经大海、高山、峡谷，以及粪坑。

到了三月的一天，汪晓渡抽着烟说："我有个想法。"

我两手空空，坐在旁边。那条烟没剩下多少了，我俩现在轮流一天一支，轮空的那个人就在边上抽二手烟，二手烟比没有烟好，我们都深深把毒气吸进肺里，生怕浪费一丝一缕。

我猛吸一口气："我现在主要的想法是再搞点儿烟。"

"我想要个孩子。"

我咳起来："你说什么？"

"我想要个孩子。"

"我以为我们讨论过这件事了。"

"不是那种孩子。"

"还有什么孩子。"

"我们自己的孩子。"

"那种孩子"是指现在的孩子。按照法律，他们取出我的卵子，再取出汪晓渡的精子，剔除有缺陷的基因，修补不完美的基因，最后放进"人类培育与进化中心"，仅仅五个月后，我们就可以拥有一个孩子，一个法定完美的孩子。

法律出来之前，我流过一次产。医生说，没关系，下一次就好了，休息半年就可以再怀孕。等到半年之后，我对汪晓渡说："我不想要了。"

"我也是。"

我们没有在任何细节层面讨论过这件事，因为讨论会带来悔恨，而悔恨让人心碎。

汪晓渡又重复一遍："我想要个孩子，我们自己的孩子。"

我在黑暗中向他伸出手，烟灰灼热，落到皮肤，发出焦味，像我们以前一起烧烤，鸡翅将熟未熟。我不知道为什么会在此时此刻想到烧烤，我明明只应该握住他的手说："我也想要，好，我们来生个孩子。"

5

进入五月，渐渐是夏天，这意味着一场大雨总在前方，迟或者早。我们找到一个迷你手电和一板电池，洞里就总有一束白光，映出两个人完全无法掩饰兴奋的脸。

我坐在车里，第一千遍问汪晓渡："你是不是真的认识路？"

他第一千遍来回检查车："肯定认识，出了城，一路往北开，经过龙庆峡，就能看到传送带……龙庆峡你还记得吧？"

我当然记得龙庆峡，我们在那里开始恋爱。十几个人去山上露营，爬山时我总落在后面，两个小时后我就发现，汪晓渡总在我前方一百米左右。爬到后面，我满脚水泡，叫苦连天："老子再也不要来爬什么山。"

汪晓渡用打火机烤烤针，替我挑破水泡，又用纱布包起来，他说："下次你穿对鞋子就好了，谁会穿高跟鞋来爬山？"

我痛得平地打跌，信誓旦旦："我说真的，老子再也不要来爬什么山！"

誓言就像一种诅咒，后来，后来我们再也没有爬过山。从山上下来的第二天，汪晓渡约我去看话剧，那部戏没有人说话，像一首漫长而沉默的诗，话剧叫《形同陌路的时刻》，从剧场出来，我们就走在了一起。我穿着一双更高的高跟鞋，又一次走到满脚水泡，我后来对汪晓渡说：出门的时候我特意想了想，穿这双是因为接吻的时候，我就不用踮起脚尖。

现在我的脚不再起水泡，不管穿什么鞋。当然现在也没有什么鞋了，我一直穿一双黑色平底鞋，这是系统推荐的鞋子，"有利于足弓及脚底健康"。有时候我会想念我那五十双高跟鞋，尖头细跟，非常不健康，后来它们和别的我曾经喜欢而不健康的东西一样，被送入了危险用品销毁中心。

危险用品销毁中心这件事是汪晓渡想起来的："你想想，传送带上有所有我们需要的东西，所有！"

"还有房子！"我想起山上那些被遗弃的房子，有一栋外墙上爬满月季，还有一栋院子里种了紫藤，屋顶破了，需要搭梯子上去修，但没有关系，以后我们会有梯子。

"我们可以养只猫!"

"狗也可以!"

汪晓渡摆摆手:"我不喜欢狗。"

我用手电筒揍他:"谁在乎,我喜欢。"

我们打成一团,最终变成一个长长的吻,带着让人战栗的期待。

汪晓渡把手电筒接过去,让光柱对着车头方向:"我们可能会失败的,你知道吧?前面……前面也不知道有什么,说不定这条路根本没有挖通,再走五百米就是死路。"

我尽量装作满不在乎:"那就算了呗,咱们再回来,和芯芯过一辈子。"

"回不来了。"

"什么意思?"

"我们会死。"

"你怎么知道?"

"我偷偷看过系统的数据。"

我吓了一跳,偷窥系统数据根据《刑法》会被判终身监禁,每判下来一个,所有显示屏都会直播现场,大概是想让我们看看,这些人的慌乱和悔恨。上次的是个女孩子,非常年轻,薄嘴唇,白皮肤,脸上星星点点雀斑,镜头里她没有慌乱和悔恨,她满不在乎,对着不知道什么方向飞吻:"妈妈我爱你。"后来直播就被掐断了,重播的时候这个镜头消失了,像从来不曾存在过。我总想到她的样子,忧虑她妈妈没有看到直播,忧虑她错过了这一句"我爱你"。

我呆呆地:"可是现在没有死刑了。"

"不会判刑,不走这套程序,我们当场就会死。"

"你怎么知道?"

"数据里有,去年有一百多个。"

"一百多个什么？"

"系统叛逃者。"

"什么意思？"

汪晓渡无意识地摇晃手电，让那光柱像在黑暗中写出一个又一个的"不"："没什么意思，数据上就这么写的。"

我应该再问得清楚一些，比如他们怎么死的，比如我们有什么可能不死，但我突然高兴起来，原来这个城市里还有一百多个如此这般的人，原来大家只是失散了，原来我们不仅仅是我们。

我用手遮住光柱，它穿过指缝，在漆黑墙壁上照出一点点光斑，微弱，却实实在在存在的光斑，我对汪晓渡说："哦，那要是有这一天，我们就一起去死。"

现在就是这一天了。雨声似鼓，连在地下也能听清，像古老电影里有古老的枪，一发发打出子弹，穿过那些茫茫然死掉的身体。我们系好安全带，打开车灯，照亮眼前起码五百米的路，我们暂时只能看清这五百米，在五百米之后，我们也许会有下一个五百米，再下一个，然后再下一个，不知道会停在哪里。我们也许真的会有一个孩子，偏偏眼睛像他性格像我，又暴躁又忧郁，是芯芯的反义词，没有关系，我们会爱这个反义词。

汪晓渡拉起手刹，雨中带雷，我相信那个瞬间闪电照彻天空，而属于木星的时刻正在降临。四周真黑啊，我们又再也舍不得另一支蜡烛，我握住汪晓渡的右手，他轻轻挠了挠我的手心。我们将从现在出发，走一条漫长曲折的长路，奋力向前，回到过去。

# 957 号上的舒伯特

一九九八年，春天又暖又早，楼前连野草地都开出蓬蓬荆条花。好几天了，我中午出门总能撞上段雪飞，蔫了吧唧的，半蹲在明黄花丛里，像一只举棋不定的猫。

　　我家住锅炉厂宿舍，七层红砖房，一楼四户，共用一个有冲水设备的卫生间，隔壁楼是镀锌铁丝厂宿舍，他们厂不行，宿舍里一层一个公用厨房，上厕所只能出门再走两百米，十几个人一字蹲开，那场景但凡见过的人，都不可能忘记。老有他们楼的人跑我们这边来解大手，按理说卫生间水费是走厂里水表，给人用用谁也不吃亏，但我们楼的人都觉得卫生间相当高级，而锅炉厂理应比铁丝厂高级，所以每层楼都在门上装了锁。这其实很麻烦，每天早上还得揣着钥匙上厕所，有时候忘记带，又憋不住，气氛就会变得很紧张。

　　锁经常会被铁丝撬开，这也可以理解，毕竟是镀锌铁丝厂的人，天时地利耳濡目染，使用铁丝的技术比较娴熟。但连续三天都遇到段雪飞，胖墩墩黑黢黢一个人，鬼鬼祟祟蹲在门口，我觉得这有点过分了，大声叫住他："段雪飞！你又要来撬我们厕所，我爸说了，里头的锁芯都被你撬坏了！"

　　段雪飞平日里吊儿郎当，梳郭富城头，总学操社会的青年，双手插兜，今天却把右手背在后面，涨红了脸，说："谁撬你们锁了，要乱说！"

　　段雪飞爸妈都是铁丝厂工人，镀锌工，永远脸青白骇，嘴唇乌紫，远远看去有点像鬼，都说是车间里被酸熏坏了，一个月可以多拿三十块劳保补贴。小学三年级，我和段雪飞同桌，我妈偷偷给班主任送了一瓶雅倩润肤霜，让她给我换了个位子，"哟，谁知道他身上有没有毒"，这就是我妈，任凭再小的事情，也能来一番运筹帷幄。

锅炉厂是三线企业，迁过来几十年，我妈却认为自己还是北京人，任何节日都在家双刀剁馅包饺子，坚持说普通话，也逼着我说，但我对此没什么兴趣。我是个四川人，特别爱吃肥肠，口头禅是"日起鬼哦"和"你给老子等斗"。

我后来被换去和薛凌峰坐，我妈感到满意，因为薛凌峰是锅炉厂副厂长的儿子，我妈是个有手段的女人，我和薛凌峰一直同桌到现在。上中学后段雪飞分到了差班，又留了一级，我们都高一了，他还在读初三，我们再没说过两句话，直到他老来用我们楼的厕所。段雪飞撬锁的技术实在不错，有两次我爸都在门口要堵住他了，他戳两下就又得了手，把门反锁，不紧不慢上完，再从窗户跳出去。我家住三楼，窗外有一棵密密匝匝的黄桷兰，段雪飞就先跳到树上，再溜下来，整套动作行云流水，"这家伙，跟只猫似的"。我后来发现，我爸内心深处其实有点欣赏段雪飞，就像他欣赏我长期背着我妈，四处跟人说"你给老子等斗"。他就没有办法，还得正儿八经说普通话，加很多儿化音，做一个流亡在外的北京人。

我冲上去，把段雪飞的右手翻过来，说："还说没撬！你看看这是……咦？这是什么？"

他右手翻过来，不是铁丝，是两张《泰坦尼克号》的电影票，粉红色，在手里攥久了，汗津津的，有一张还缺了角，用作业本纸胡乱补了补。区里电影院正放这个，排队的人早上五点就坐在门口嗑瓜子排队，我六点起床，还吃了冬寒菜稀饭再过去，最后只在门口买到一堆搂搂抱抱的不干胶。

我又惊又气："你怎么能买到？！"

段雪飞支支吾吾，想了半天，说："我舅舅给的，他在文化局上班。"

"卖不卖？"

"什么？"

"卖给我，怎么样，你反正也看不懂。"

段雪飞脸又红了，气呼呼地说："可以！老子本来就是要卖了买烟！五十。"

"什么？"

"五十一张，要不要？"

"你咋子不去抢？"

"不要算球。"段雪飞转身就走。

"你给老子等斗。"我追了出去。前头有个水泥乒乓球台，台下搁着巨大潲水缸，每周才有人来收一次，今天大概是第五或者第六天，天气暖热，那味道半旋空中，不好形容。段雪飞听我叫他，也不转头，不知怎么回事，却跳上乒乓台，蹲在那里，往潲水缸里吐口水。

我捂着鼻子："三十，我就这么多钱。"

"四十。"

"三十五。"

"行吧。"他跳下乒乓台，明明穿皮鞋，却没一点儿声音，我想到爸爸说的，这家伙，跟只猫似的。

我从书包里拿出一团十块，数了七张，扔进他手里，又把两张票都抓过来，他愣了愣，没说什么，把钱胡乱塞进裤兜，又对我挥挥手，走了。

花光三分之一毕生存款，我却喜滋滋的，把那两张票压进数学书。下午一点，暖到近乎热，春天游移不定，让一切变得浑浊，空中飘浮大团白色柳絮，潲水缸里有将馊未馊的红苕稀饭，前方段雪飞走得极快，像一只仓皇溜走的猫。

那几年大家都过得不好，到了九八年，身边大部分同学的父母都下了岗。别人家不知道怎么样，我们家反正总吃白鲢，活白鲢一斤三块，刚死不久的一斤一块，我们就总吃刚死的，拼命加辣椒和大葱，这样能压住腥味。"多吃点，鱼吃多了聪明。"我妈说。但我并不那么在乎是不是聪明。白鲢寡油，我变得很馋，想吃肥肉，我妈一直稳着不买，我就每天早上用猪油拌饭，睡前吃一小碟油渣蘸白糖，牙坏了，照镜子能看到一个黑漆漆的洞。

已经是这种情况了，我们锅炉厂依然比别的厂高级，因为下岗人数只有三分之一，不到四十岁的不下，技术骨干不下，夫妻双职工的，只有女人下岗。我妈不服气，她是车工，工资本来比我爸要多二十五，我爸这种电工只能换换灯泡，拿电笔四处戳戳是不是漏电，没什么技术含量。她去厂里闹过几次，先没找到人，最后一次见到副厂长薛建国，也就是薛凌峰他爸，薛建国抱着泡了胖大海的玻璃杯，语重心长说："罗桂芳同志，你是党员，应该发挥带头作用，支持党中央和国务院的国有企业改革嘛……现在呢，我们厂里头是有点困难，但这只是暂时的，等再需要的时候，你也要做好准备随时回来嘛，再说了，你家肖全辉不是还在厂头？"

我妈说："肖全辉一个月工资才三百，过不下去。"

薛建国说："不止哦，午餐补贴还有三十，防暑降温费二十八，肖全辉一个月三百五跑不脱。"

我妈说："三百五也过不下去，肖珉珉要高考了，需要补充营养，多吃点肉。"

薛建国说："小幺妹，肉吃多了也不好，青春期发胖，以后瘦不下来，我看珉珉腿就有点粗，多吃点鱼嘛，吃鱼长脑壳。"

我妈还想说点什么，薛建国挥挥手，起身给胖大海续水，说："罗桂芳，你差不多可以了，你看看边上铁丝厂，百分之九十几都下了，人家也没有怨党怨政府，你是首都来的，北京人，素质高，高风亮节，你说是不是？"

我妈没话说了，只能高风亮节，回家经过菜市场，买了一条没死透的白鲢，白鲢一块五，葱姜蒜辣椒一共五毛，都快走到家了，又掉头回去，买了三两猪头肉，七块五，挑了特别肥的一截，老板都拌好了，回家她还加了一大勺猪油。

我吃完凉拌猪头肉，满嘴蒜味，刷了好几次牙，又嚼了我爸杯子里的茶叶末儿，这才出门去电影院。我妈没问我去哪里，她每晚都要在门口的烂茶馆里打麻将，五毛钱的底，三番封顶，血战到底。北京人按理说不应该打这种不上档次的小麻将，但如果手气旺，一晚上能起来一周的饭钱，我妈最近手顺，考虑到我的猪头肉，也就顾不上北京人的身份了。她打牌，我爸就坐在边上，喝茶，剥花生，看黄易的武侠小说，要是我妈有一阵儿实在不顺，他就上去换个手。赢家一般都不愿意有人换手，这会败风水，但我妈说了，她有病，憋不住尿。她总是尿很久，再回来时，一上手就做三番，十之八九又能风生水起，喜气凯旋。

这就是一九九八年，连政府清洁工都有一大半下岗，如果总不下雨，走在路上就会吃土，那个冬天只有两场小雨，于是人人都穿着旧衣服，灰扑扑吃土。没什么人出去吃饭，路旁小饭馆却也没有关门，生意不好，大家就凑在门口炸金花，也是五毛的底，但上不封顶，输赢过了五十，气氛就会非常紧张。卖肥肠面的老板见我经过，总让我用棒棒手给他切牌，如果切出好牌，就奖我自己去锅里夹两块肥肠，他家的肥肠不撕油，我细心选出肥肠头那一截，两块下去确实止馋，何况我总夹三块，肥肠油的味道萦绕口腔，帮我度过了那个冬天。

就这样，每个人都觉得难，却每个人都活了下来，那年春天又来得如此迅猛急促，让人觉得这一切都会过去得很快，但不知道怎么回事，好多年之后，我还被困在一九九八年。

大年二十九我才回家，在 T3 安检口遇到薛凌峰，拖一个蓝色 Rimowa，灰色大衣搭在手上，满脸不耐烦地打电话。我们有半年没见了，上次是在七月，暴雨预告三天，却一直没能下来，我满脸油汗，坐在一辆没有空调的 846 上，车上密密挨挨的人，我为有座位感到庆幸。那段时间我总这样，提醒自己为任何事情感到庆幸，发票刮出五块钱，抢到大望路一元剪发团购，吃味千牛肉炒饭牛肉特别多，诸如此类。

车刚过传媒大学，薛凌峰给我发短信："晚上要不要过来？我十点左右到家。"我在东大桥下车，不过下午三点，找了家麦当劳硬生生坐到九点五十，去卫生间补好妆，确认身上没有汗味，这才走去薛凌峰的小区。

小区很大，底商很有几家好餐厅，有两次薛凌峰让我下午五点过来，做过爱之后，他也请我下楼吃日本菜，两个人坐在吧台上，隔好一段距离，呆呆等着厨师做手握寿司，海胆，鳗鱼，金枪鱼腹，有一次吃到河豚，就是这些东西，没什么意思，却足够我又一次为当下感到庆幸，以及发几次朋友圈。吃过之后薛凌峰买单，客客气气给我打车，塞给司机一百块钱，我回家走京通快速大概八十五，但有十块钱过路费，我总等车开出去一会儿后说："师傅，走朝阳路。"朝阳路堵一点，红灯也多，但能省二十，我又没有什么着急的事情。

门铃响一声薛凌峰就开了门，正在扯领带，他拉我进门，把我压在玄关的换鞋长凳上，又撕开内裤，一言不发，就这么硬硬进去。他总撕我的内裤，倒是没有撕过裙子，毕竟我在这里也没有换洗衣服。不穿内裤却不怎么要紧，好几次我就这样，空空荡荡回家，夏夜暖风，钻进裙底，像一双充满爱意的手，比薛凌峰温柔一些的手。

性生活本身没什么不好，不短不长，不管是时间还是尺寸，几乎每一次我都能到高潮。只是薛凌峰从不把我放在床上，换鞋凳，三人沙发，单人沙发，地毯，料理台，像某部狂热的偷情电影。我却还是比较喜欢床，料理台非常硬，地毯上有猫毛和零散猫砂，真皮沙发入骨冰凉。房子是规规矩矩三室两厅，有一个层高五米的阳台，做完之后薛凌峰会去上面抽烟，靠在栏杆上，前头是那种理应如此的北京夜景，国贸三期闪烁灯牌，三环堵得要命，世贸天阶的天幕下似乎有人求婚。我洗完澡，也出去找他要了烟，他一直抽七星，一股薄荷味，烟雾缓缓上升，汇入无边灰霾，一支烟可以拖得很长，我们都不说话，像两个不怎么熟的人，不明白一切怎么走到了今天。

安检时薛凌峰终于看见我，点了点头。后来再见就已经登了机，他坐商务舱第一排，换好拖鞋，低头读一份英文报纸，通道上有人放行李，我站了好一会儿，他就一直没读完头版。座位在倒数第二排，也不靠窗，因为买得早，机票打了五折，飞机升空时遇到气流，我这位置颠得厉害，有那么一瞬间，我以为会死在今天。死倒是没什么，只是那样人人都会以为我和薛凌峰死在一起，想到这种可能，我突然感到不可遏制的恶心。

刚上大学那一年，我们算谈过恋爱。我高考失误，读一个根本没想到会那么烂的学校，又正好遇到新校区搬到良乡，薛凌峰却在北大，见一次面需要往返坐六个小时公交地铁。刚到北京，我们都有一种恐慌式的孤独，于是每个周末都见面，总是我去看他，和现在一样，我并没有什么着急的事情。公交一路往北，因为上车早，我总有位置，我就一直坐在那里，看窗外经过一家沙县小吃，又一家沙县小吃，我一直没有相信这件事是真的，我是说，有一个读北大的男朋友这件事，我甚至没有和任何一个人提起过，我认为这样以后就不至于让自己显得太难堪。

一开始薛凌峰也会在未名湖边上抱着我，久久接吻，后来他有了一点变化，这种变化微妙，然而明确。在他回我短信变成两三天一条时，我提出分手，他表示同意，整个过程和我的想象完全一样，有一点无人知晓的屈辱，却也不算难看，确定分手时我们甚至没有通过一次电话。那时我们也没有发生过什么，因为并没有钱去开房，有几次他非常冲动，让我把手伸进裤子，替他解决问题，精液又黏又腥，我不怎么喜欢，但像别的我不喜欢的事情，我并没有拒绝。很多年后我才开始为这件事后悔，替男人手淫不怎么重要，但那种甚至没有想过拒绝的心情，在后面的时间中，出人意料地慢慢变得重要起来，有一次半夜想到，突然愤怒地摔了手机，对着有青白霉斑的墙壁，我大声说：你给老子等斗！

等到 2012 年，我和薛凌峰通过初中同学群互加了微信，有一个周末他突然问我："你这两天会经过国贸吗？"我分明应该揣着一把刀去复仇，但真他妈日起鬼，我居然换了裙子化好妆，在他家的沙发上，和没有戴套的薛凌峰做了第一次。也是盛夏，中央空调开得极低，我一直发抖，中间有两次想贴住他取暖，但他又挺身起来，除了连接的地方，我们一直有点距离。房间里不知道什么地方藏着音响，放那种极闷却极合适的音乐，后来我发现薛凌峰总放这一首，就问过一次，他刚结束，漫不经心从我身上下来，躺在地毯上，伸手去扯抽纸，"好像是舒伯特的小夜曲"，他也不怎么确定，"买音响送的碟，一直没拿出来"。有一次我拿套的时候看到那张 CD 的盒子，"Schubert Schwanengesang, D 957"，后来我在家也常常听，舒伯特，天鹅之歌，目录第 957 号。

这种关系就这样持续下来。如果遇到例假那几天，我还是替薛凌峰手淫，中间那几年的后悔与愤怒并没有消失，却和另外的东西并行不悖，拽着我，走到今天。我也想过等我交到男朋友就和他断掉，但还是日起鬼，两年里我一直没能认识什么合适的人，不合适的倒是有几个，都和我一样，挣税前六七千的工资，在通州破小区里租房，出入地铁，吃二十块以内的晚餐，脸上有一种一眼即知的窘迫，我甚至没法假装自己对他们有什么兴趣。

三十岁生日那天我在楼下吃麻辣烫，有个男人看我一眼，又看我一眼，小心翼翼问能不能加我的微信，我觉得他有点面熟，就让他扫了二维码。回家后我沉沉睡了一觉，梦中有魇，半夜醒来，窗外路灯斜斜照进余光，房间逼仄，似有鬼影流动，眼前是多年前的一场大火，这让我终于想起来，那男人长得圆头圆脑，顶上有两个旋儿，看起来一股傻相，那是一九九八年的段雪飞。

去电影院是想碰碰运气，我手上没有票。中午到学校，薛凌峰已经端端正正坐在那里写作业，我们从幼儿园就是同班，他一直是个端端正正的男同学。职工子弟幼儿园就在厂里，原本是个废弃车间，里头有几个坏掉的耐热炉箅子。那东西有点像个带缝隙的圆桌，厂里省钱，下面垫一个锅炉风帽，再铺上油纸，我们就在上面画画、撕纸和吃白糖泡粑。门前有一个巨大水泥坝子，每逢组装锅炉，几十个小孩儿屁滚尿流，堆在坝子里围观，焊枪火星四溅，如果遇上冬天，每个人的棉服都烧出小小黑洞，让这更像是在过年。

只有薛凌峰，丁点儿大一个人，谨谨慎慎地爬到窗前长桌上，透过污脏玻璃往外看，"我爸说了，这有危险"。就这样，大家都到了十五岁。小时候人人都长得一团混沌，也就是这两年我才意识到，原来长得像他那样端正的男同学，并不是很多。课间操举目四望，要不瘦得像猴儿，手长脚长，满脸脓包，要不就像段雪飞，圆圆短短一张脸，校服裤子卷了两卷还拖在地上，袖口脏得堆泥，整个冬天都只穿一件手织黑色高领毛衣。

十五岁，好像必须得喜欢个什么人了，我思索良久，决定喜欢薛凌峰，一是同桌比较方便，二是班上也并没有更合理的人选，三是我觉得这样我妈会比较高兴。下岗后她过得不好，吃着吃着饭也会无端端哭一场，如果我的未来能和薛凌峰扯上一点关系，她也许会稍感安慰。我们班有二十八个女生，我疑心有二十个决定喜欢薛凌峰，这也让我感到安全，我总是走拥挤的道路，因为这总是让人感到安全。

我坐下来也酝酿了一会儿，这才推推薛凌峰："喂。"

他看看我，继续写作业。

我又推他："喂。"

"嗯。"

"电影看吗？"

"嗯？"

"《泰坦尼克号》，就是挺好看那女的……"

"我知道《泰坦尼克号》。"

"我有两张票，就今天晚上的，我舅舅在文化局……"

"多少钱？"

"啊？"

"都卖给我，多少钱？"

我有点泄气，但到了这个份上，我也不在乎趁机赚一笔："一百。"

"可以。"他没再说什么，从校服裤子里摸出一百块，这张钱和薛凌峰所有的东西一样，崭新，体面，干净利落。我想到我递给段雪飞那揉成一团的七十块，拿出那两张用作业本补过的电影票，薛凌峰皱皱眉，收了下来。教室里人渐渐多了，值日生开始擦黑板，青天白日，尘埃在光中清晰地划出一道实线，我在这边，而薛凌峰在另一边。

电影院门口都是我这种人，不想花钱，又想碰碰运气。三四十个人聚在售票处前头，不知道谁带了瓜子，于是大家都蹲在地上嗑瓜子。有人说开场了总能溜进去，又有人说，电影院后面有个小门，看门那老头儿姓李，平日里凶是凶，给他买包娇子脾气也就好了。蹲着嗑了一会儿瓜子，我远远看见薛凌峰，似乎在等什么人，他还是穿着校服，洗得蓝是蓝白是白，里头一件白得不合理的高领毛衣。我也还穿着校服，里头也是白毛衣，因为一周只能洗一次澡，领口一道黑垢，有时候不得不把领子往下翻两圈，我妈也不是不洗衣服，只是非常奇怪，她再怎么努力，也不过洗成糊里糊涂的灰色。薛凌峰就这么干干净净在那里。因为一种奇异的自尊心，我躲进了公共厕所里，开场后才出来，想看看到底怎么溜进去。

七点半的电影，到了八点，谁也没能溜进去，也没人舍得花十块钱去买娇子，人先散了一半，剩下一半就近找茶馆打牌。我有点失望，但想到一天里平白赚了三十块，又不想回家，就在电影院对面找了一家小面馆，吃加两份肥肠的肥肠面。

火大概在八点半烧起来，我正犹豫要不要再点一笼粉蒸肥肠，抬头已看见隐约火光。开始以为是灯，旋即闻到烟味，电影院大门拥出惊慌人群。我放下碗，却鬼使神差向那火光冲去，像黑暗之中有莫名暗示，提醒我如果不是这样，就会错过某些莫名又确定的东西。往外奔跑的人太多，我没能进大门，倒遇见脸色苍白的薛凌峰，都这个时候了，他明明鼻尖粘黑灰，身上一股怪味，却还是那副全然洁净的模样，实在是日起鬼。

我拉住他的袖子："咋子回事？"

他略微焦急，看着前方："烧起来了。"

"哪里烧起来了？"

"放映室。"

我还想问两句，他却挣脱我的手，急匆匆走了。我看见前头有个女孩子，和我一般穿着校服，束高高马尾，薛凌峰追上她，侧过头去和她说话，我这才认出来，那是林小云，我们校长的女儿，原来另外一张票去了这里。

林小云长得也就和我差不多模样，瘦瘦长长，却有张鼓鼓圆脸，麦色皮肤，额头上有一个黑灰圆印，倒像是特意化了印度妆。她大概有点冷，这么远也能看到发抖，睫毛垂下，要哭不哭的模样。薛凌峰低头拍拍她的背，拍得很轻，又更轻地说了几个字，空气弥漫烟灰，以及一种让我陌生的柔情，薛凌峰这个人平日里看不出什么情感，考第一名是什么样子，吃包子时他就也是这么个样子。我有点怕他，同桌这么多年，开口说话还得猛提一口气，永远不敢抄他作业。看了几本言情小说，我恍然大悟，喜欢一个人原来就是这样的，带着距离、陌生和恐惧。

　　火并没有熄，不紧不慢烧着，往不确定的方向蔓延，消防站就在附近，消防车却好一会儿才到。电影院门前是个窄窄斜坡，车进不来，几个消防员满面酒气，不怎么耐烦，慢悠悠在那里铺水管。铺好后发现消防龙头没有水，又把管子接到肥肠面馆，老板大概想到水费，期期艾艾不肯把水开到最大，那水管瘪了很久，才渐渐充盈，等水的时间里，几个人就蹲在面馆门牙上，若无其事点上烟。耗了这么些时间，火已经渐渐弱下去，走远的人又断续回来，大家都顶着漫天烟灰嗑剩下的瓜子，像看一场比《泰坦尼克号》更让人入戏的电影。这附近都停了电，火光如水流动，在黑暗中越行越窄，渐至干涸。

　　我也站了一会儿，开始只看见火光，后来发现火光中总浮动林小云的脸，圆圆鼓鼓，两颊酒窝，睫毛垂下时似有阴影，像我用了魔镜，照出一个更美的自己。我在人群中找了又找，她和薛凌峰都不在。他们大概觉得这些事情没什么意思，想到这个，我觉得自己没意思极了。

　　火迟迟未灭，我嗑完手里最后几颗瓜子，转身回家，快到家的时候，身后天空又亮了一亮，我应该看见一点余光，然而挫败和厌倦让我对这一切失去了兴趣，我甚至提不起精神回一下头。我走进黑漆漆的门洞，又走进黑漆漆的房门，爸妈没有回来，我在黑暗中想了许久，试图想清楚一些不确定的问题，但最终我只是决定忘记这该死的一天，然后睡了过去。

　　大年初十，我去羊肉汤馆参加小学同学会。此前我已经参加了初中同学会和高中同学会，这种聚会当然非常无聊，总在火锅店或者羊肉汤馆里，带空调的包间里摆三张油腻圆桌，永远只能坐满两桌，剩下一桌零星有三五个人，对着一桌子菜，也不喝酒，开最大瓶的雪碧，默默吃到最后。不知道从哪一年开始，我总是坐在这第三桌上吃到最后，菜太多了，为了避免和人交流近况，我只能一直埋头苦吃，有两次甚至吃到恶心，回家后吐了一场，黄色胃液翻腾，马桶里有完整的毛肚和羊头肉。

　　坐在冰凉地板上，我也想过，明年索性不要参加，却一年比一年去得更早，说不上什么原因，大概人落魄时就是这样，连最微不足道的地方，也会失去勇气说不。薛凌峰就从来不参加同学会，小学的，初中的，高中的，有一次和他上床后我才猛然意识到，我们从幼儿园一直同学到高中。

　　进包间不过五点半，里面稀稀落落有七八个人，都是班上过得不大好那种，每年我们都是来得最早的一批，男男女女都显得过分隆重，男同学明显刚擦了皮鞋，女同学穿着紫色拼貂大衣。我知道这种衣服，皮草批发市场上卖两千五，可以打九折，我妈去年刚买了一件，自贡的冬天并没有冷到这个地步，但她每日每日地穿着。北方人都穿这个，我妈说。她现在不怎么说自己是北京人了，只偶尔提到北方，像一种遥远而不切实际的意象，过年照旧包饺子。

　　我穿一件驼色羊毛大衣，这是薛凌峰去年送我的。春节前我去他家，结束之后他本来裸身躺在地毯上刷手机，却突然站起来，从四周散落的衣服里摸出钱包，又扔给我一张购物卡："新光天地的，你拿去随便买点东西。"卡里有一万块钱，我于是买了这件打完折九千多的大衣，含 30% 羊绒，纯羊绒的更轻更薄，但要两万出头。卡里剩下的钱我拿去超市买了一些水果和酸奶，超市非常贵，几百块钱并没有买到多少东西，我拎着几个塑料袋，去新光天地对面的公交车站，坐 930 回家。

进屋后一会儿我才发现，当中有个陌生面孔。远远看过去有点面熟，定睛一看又的确不认识。圆头圆脑一个人，穿胖墩墩的黑色棉服，衬得皮肤更显病态苍白，他坐在角落里，并不和任何人说话，却面带饥渴，认真听每个人说话，手捧一个巨大保温杯，每隔几分钟要续一次水，这让他频繁进出去上洗手间。在看着他第四或者第五次蹑手蹑脚把门掩上后，我终于意识到，这个走路像猫一样悄无声息的中年男人，是多年未见的段雪飞。

饭局七点才开始，大家一直在等一个当了副区长的男同学，最后他在群里发了语音信息，表示自己"给大家赔罪，实在来不了"。

我照例坐没满员的那一桌，这次坐了五个人，对着面前起码五斤羊肉羊杂，和一大铝盆碧绿豌豆颠。我暗暗下了决心，今天要少吃一点，再早一点走。并没有什么人和我说话，我却每年都是最后一批离开的人，这样就不用和任何人告别。

桌上的人年年都见到，但我忘记了他们的名字，想来他们对我也是如此，大家甚至没有装作应该互相加一下微信。也许每个人都心知肚明，坐这一桌的人，并不值得加什么微信。汤很快沸了，大家沉默着往自己的小料碗里加汤和小米辣椒，我一时走神，撒了太多调味盐，汤勺已经递给下一个人，鼓了许久勇气，我才敢出声把汤勺要回来再加一点汤。心虚和胆怯一旦开始，似乎就会这样无止境下去，这让我非常疲惫，却又无计可施。

这家的羊肉汤在自贡是有名的，刚才去后院上卫生间，一张血红羊皮挂在竹竿上，下头有人在剔羊头肉，旁边板凳上一字排开几个剔得干干净净的羊头。回到桌上，第一筷子就夹到带眼珠那块肉，我犹豫半刻,吃下了那颗眼珠。

羊眼珠柔软滑腻,蘸上小米辣并不难下口,但这仍然让我许久才夹了第二筷子羊肉,这块却又太肥,刚裹着饭勉强吞下去,段雪飞拿着保温杯,坐在了我边上。他刚才坐在旁边那桌,倒也没人说什么,只是没人和他说话,到了现在,他大概醒悟过来,每个人都有每个人的位置,他的位置和我一样,在这第三桌上。

桌子很空,大家都间隔着坐,段雪飞却实实在在坐在了我边上,我感到困扰,但又能怎么办呢,我并没有别的地方可以去。他闷头吃了一会儿,我看他只拣肥肉和带油羊肠,把雪碧倒进保温杯里,并没有喝酒,吃了一会儿却满面通红,终于,像我一直担心的那样,他开口和我说话了。

"珉珉,你过得挺好的吧?"他侧身过来,想看着我的眼睛。

"还行。"我不显山不露水地挪了挪位置。

"你们一家都回北京了?"

"没有,就我在北京。"出于奇异的自尊心,我没有解释并没有"回北京"这种选项,我父母被困在自贡,就像我如今被困在北京。

段雪飞"哦"了一声,放下筷子,双手抱住保温杯,他那脸本就红,现在则近乎大火烧伤,他努力许久也没有找到下一个话题,却始终不肯把头转回去。羊头汤熬成某种胶质,大家开始下豌豆颠,我佯装没有注意到段雪飞一直微微侧身坐着,他不再吃菜了,只是一直用保温杯加雪碧喝,包间里起码有二十五度,他却没脱棉服,衣服拉链拉到下巴底下,更显缩颈缩喉模样。我吃了两筷子豌豆颠,又起身加了一次米饭,终于为自己的沉默感到不忍。

"你……出来多久了?"

"三……三……不对,四个多月。"他的声音几乎是在发抖。

"哦……那……你现在住哪里?"段雪飞的父母都死了,前后只差一年，都是癌，"我早说了有毒"，这是我妈的评价，镀锌铁丝厂得癌的人很多，那两年哪个厂得癌的人都很多。段雪飞他妈死之前遇上公房改革，花几万块可以买下宿舍产权，但她自然没有几万块，她死了之后，房子就被收了回去。"人家厂里还是可以，让她住到死，就是孩子可怜，出来也不知道住哪里"，这也是我妈的评论。除此之外，起码有十年，我从来没有听到谁提起过关于段雪飞的一切。

"住单位，有宿舍，我找到工作了，在电影院做保安，假日影城，你去过没有？"也就是他这样的人，也不是公务员，却还在说"单位"。

"去过，就还在以前电影院那地方。"我想，他倒是不避讳。

中学时的电影院前两年拆了，建成商场，底楼是电影院加游戏厅。和薛凌峰的恋爱跨了一个寒假，大年初三我们约好看电影，两点的票，我等到两点四十，发过去的八条短信都没有回音，我撕掉那两张票，转头进了游戏厅。那天似雪非雪，游戏厅里没有空调，又坏了一扇窗，我正好坐在窗边，打到最后双手僵硬，窗外雾雪沉沉，我明明停下来搓手，不知怎么回事，一拳砸向操作杆，游戏机发出怪响，春丽的双腿半悬空中，这是那个冬天留给我的最后一点东西。

"你什么时候看电影就来找我……我……我请你。"最后三个字说得很轻，段雪飞的脸突然之间白了下来，却还留着一点红印，像一个热气腾腾的人骤然入了冰天雪地，一时间拿不准如何反应。

说一句"好的"应该非常容易，我却无论如何没有说出口，只是起身去了一次卫生间。天已黑尽，通往卫生间的小院灭了灯，隐约能见阴森白骨和斑斑血迹，站在院中踯躅许久，我终于意识到，那是剔干净肉的羊头。

拖了十五分钟我才回到包间，段雪飞已经走了，在我碗下压了一张纸条，用纯蓝墨水端端正正写着"珉珉，上班先走了，有空和我联系。雪飞"，下面是他的手机号。真是日起鬼，我们从来没有过可以互称"珉珉"和"雪飞"的关系。

我再看一眼，发现段雪飞写一手漂亮颜体，小时候我们同桌，一起在书法课上临过帖子，写"白日依山尽，黄河入海流"。但现在谁还会写字？也只有他这样的人，还随身带着钢笔，用纯蓝墨水。

里面可能太闲了，也就能写写字。他可能以为外面还在用 BB 机。我略带快意地想，却不知道这快意来自哪里。

桌上其他人都看过来，我反倒不好意思撕掉纸条，只能若无其事揣进兜里。

饭局到了尽头，羊肉汤早关了火，屋里迅速冷下来，每个人都裹上外套，吃店里送的醪糟汤圆。自贡的醪糟汤圆应该是无馅儿的，我却吃到一粒里头有芝麻和花生，这让我又一次隐秘地感到庆幸。和往年一样，有人开始约饭后去大时代唱卡拉 OK，我向来都是去的，人均一百的消费，我一首歌都没有唱过，也不喝酒，不过在超大包间里默默坐到凌晨一点，吃两瓣果盘里的橙子，果盘里还有西瓜、樱桃和草莓，但橙子最便宜。橙子总是很酸，天花板上有旋转彩灯，照得每个人都像鬼，而每个人唱歌也都非常难听。

但今年，今年将会不一样，今年我下了决心，要做最早一批从聚会上离开的人。今年，今年是开始，也是终局，明年我会退出所有的群，不给任何人发新年祝福，不再参加小学、初中以及高中同学会。

老板进来买单，我正打算给份子钱就走，却听到有人说："等会儿卡拉 OK 别凑钱，让薛凌峰买单，狗日的总算要来了，好歹还是个班长，集体活动一次都不参加……我们班现在是不是他最有钱？"

我在虚空中点了点头。薛凌峰城里的房子买得早，如今起码值一千五百万，有一次上床后他无意中说起，自己刚在顺义买了一栋别墅。"有空带你去看看。"他说，从手机里翻出几张照片，一看就是开发商自带的装修，水晶灯，欧式沙发，罗马柱，喷泉，假山，齐齐整整的草坪，有钱的人可能都是这样生活的，我对此也并无其他想象。

"真漂亮。"我穿上内衣，努力显得真诚。

"还行吧。"他连衬衫都穿好了，转头问我，"你怎么回家？"

大概怕我再不肯回家，薛凌峰并没有带我去过别墅，但我知道，我们班现在数他最有钱。

大时代开了怕有二十年，最早叫"欢歌KTV"，也就一百多平方米的一个厅，摆了二十几张小圆桌，大家挤挤挨挨坐在一起，像一粒一粒粘住的汤圆。五块钱唱一下午，等麦克风轮到自己大概要两个小时，一下午最多能唱三首。中学时大家都来，自带瓜子、话梅和扑克牌，四人一桌，没轮到麦克风的时候，我们就打拱猪，输最多的人替另外三人付那五块钱。老板是个胖胖的男人，坐在门口收钱。老板娘是个胖胖的女人，化极其隆重的妆，却只是整日坐在吧台后面看一个黑白小电视，厅内大家都扯着嗓子唱《海阔天空》，她依然镇定自若，看郑少秋演的《大时代》。

就这样，老板终究是发了财，把平房扩建成三楼，变成远近闻名的"大时代娱乐城"，每次过去，老板本人还是坐在前台收钱，似乎这成为一种个人爱好，胖胖的老板娘则多年不见。也许她不再是老板娘，每个人的生活都有一种隐秘剧变，即使那些看来停在原地的人，也是如此。

薛凌峰在群里说了三次"马上就到"，真到的时候已经十一点。大衣濡湿，他用灰色围巾擦擦头，说："下雨了。"本来有人在唱不知道哪首张宇，薛凌峰进门后，他们就把伴奏关了，包间里骤然安静，顶上彩灯空转。分明是黑漆漆的地方，我却清清楚楚看见薛凌峰的脸，黑眼圈极深，鼻子上长了一个粉刺，他还是少年时的轮廓，只是像一幅画洇了水，边缘渐渐含糊不清，整个人外扩了一圈。

薛凌峰坐在环形沙发的正中，有个女同学让出那个位置，就坐在旁边。我则坐在最靠门的那个小墩上。我总是坐这里，一是离卫生间近，二是随时要出门叫服务员送酒和小吃。到了半夜大家都会点消夜，我就一一记下，几碗抄手，几碗排骨面，有些人麻烦，要吃炒饭，我就去和厨房沟通，能不能炒一锅蛋炒饭。厨房在走廊尽头，要经过一排罗马柱和水晶灯，踩在有斑驳花纹的仿大理石地砖上面。薛凌峰的别墅应该就是这种样子，但他会用真的大理石。

　　不知道谁说，"别唱了别唱了，大家聊聊天"，于是大家都围坐在一起聊天。我出去让服务员又送了两打百威，两个特大果盘，一斤焦糖瓜子，犹豫了一下没有叫消夜，还没到时间。这么进进出出，薛凌峰却似乎并没有看见我，果盘上来时他俯身拿了两颗草莓，抬头正好撞上我的眼睛，他没有停留，把草莓扔进嘴里。

　　说是聊天，话题一直只是绕着薛凌峰旋转，他已经脱了大衣，里面是一件白色羊绒毛衣，半明半暗中是一种耀眼银白。自贡的冬天一直下雨，四处泥泞污脏，我们都穿深色打底，但薛凌峰从来不是"我们"。

　　"薛班长是不是发了财就看不起我们这些老同学哦，同学会咋子从来都不来？"一个看来眼熟的男同学给薛凌峰倒酒，我想了想，发现自己根本不记得他的名字。

　　"这么说就没意思了……来，干一杯干一杯。"薛凌峰干了那杯酒，于是大家都干了一杯。

　　"班长现在到底在发啥子财哦？"一个女同学问，我记得她叫王媛媛。去年有同学发错群，说"你晓得不？王媛媛离婚了，说是分了一套房子，还有三十万现金"，这句话很快撤了回去，但我疑心每个人都已经看到。后来再看到王媛媛我会想，就是这么个人，发面馒头一张脸，口红涂到牙齿上，却也有一套房子，和三十万。

　　"发个龟儿子财，还不是随便在北京混混日子。"有时候做爱中途有电话过来，薛凌峰看看手机，会决定是不是中断起身，去卫生间接电话。我从来没有搞清楚过他到底做在什么，想来是和投资、金融、商业这些词语有点关系吧，我也只知道这些事情能够发财。这是我第一次听他说"龟儿子"，我们都长大了，一直有礼有节，只说普通话。

"班长谦虚了噻。"大家都这么说，薛凌峰微微笑起来，又拿起一个草莓。

话就算这么聊开了。半个小时之后，我知道薛凌峰本来在基金公司，这两年出来自己做私募，前几年赚自然是赚的，去年股灾时几个产品则亏了不少。"……跑赢了沪深300，当然……但还是损失惨重啊……谁损失？客户损失不就等于我损失，你们说是不是？……我给你们说，明年不要再买银行这种大蓝筹，国家不会再拉银行股了……钢铁不错，去年我见朋友开峰会，哪个不说钢铁去产能、业绩提振？这说明什么？这说明他们都介入了呗，流通市值已经锁住了，这时候不进场什么时候进场？"薛凌峰的话一直有一种精妙的平衡，既要说明自己的确挣了钱，又不能显得挣太多，就像他那套我一直没有真正见过、却又知道确实存在的别墅。

说到股市大家都激动了，起码有三个人打开手机录音。我也拿出手机看了看，十二点四十，再不点消夜，厨房师傅就要下班，去年我们拖到一点半，面条硬芯，抄手破了皮，蛋炒饭是我自己去厨房炒出来的，蛋炒得太老，饭汪在油里，最后我自己全部吃了下去。

我用手机把大家点的东西记下来，五碗排骨面，五碗牛肉面，三碗肥肠粉，七碗抄手，两份凉皮，今年没人点炒饭。薛凌峰点了牛肉面。我知道他喜欢牛肉，他带我去楼下吃日本菜，上来一份血红生牛肉，用生鸡蛋拌开，他吃了一口，点点头。

"你也试试。"他说。

我只得夹了一块最小的，说："好嫩。"其实那味道非常恶心，牛肉和鸡蛋的腥气久久不散，喝多少冰水也压不下去。

我写好备忘，薛凌峰突然说："诶，我不要香菜，也不要葱。"

其实我知道。我们在北京吃过一次川菜，薛凌峰吃红烧牛肉不要香菜，家常鲫鱼不要葱，那顿饭吃得非常仓促，因为中途来了一个他的熟人，薛凌峰对他介绍说："这是我的小学同学，姓肖。"于是人家客客气气地叫我"肖小姐"。

"知道了。"我按了叫铃，出门去等服务员。

服务员还没到，我就听到薛凌峰问："那是谁来着？"

"肖珉珉呀！你们以前同桌那么多年你不记得了？她不是也在北京？"

"哦，可能吧，我不知道，工作实在太忙了。"

服务员还是去年那个小姑娘，大概困得不行，脸上妆容花了一大半，顶头灯光又劈头盖脸照下来，让她看来更显不耐烦。

"要啥子？肥肠没得了，排骨还能做三碗面。"

我拿着手机愣了一会儿，删掉那条备忘，说："按错铃了。"

的确在下雨。刚出大时代时还只是细细雨点，沿着河走了一会儿，路灯下我骤然看见雨中带雪，急急冲向黑暗水面。这条河上游原本有个纸厂，多少年我们都习惯了黑灰色的腥臭河水，纸厂放污水时河面堆满泡沫。这样的河水中居然也有活物，盛夏时我陪爸爸在河边钓鱼，一个傍晚能钓起十几条二指宽的小鲫鱼，偶尔我们会遇到段雪飞，黢黑黢黑一个人，光着膀子，穿猜不出原本颜色的大裤衩，拿一个破网兜，探头探脑看我们竹篓里的鱼。

我大声喝住他："段雪飞，你又想偷鱼！"

他照例脸红："嫑乱说……哪个偷鱼……肖珉珉，龙虾要不要？"

他把手里网兜递过来，里头是挤挤挨挨的龙虾，刚从河里抠出来，糊满污泥，河水里没什么吃食，龙虾比我的鲫鱼还小。

我撇撇嘴："哪个要你的龙虾，咪咪儿大，剥半天还吃不到指甲大一块肉。"

他的脸又白下来，气呼呼把网兜收回去："不要算球！老子拿回去让我妈炒酸菜！"

雨雪下得更密，像千万根锥心刺骨的针直直扎进身体。

对岸是露天夜宵摊，塑料顶棚下半悬闪烁的白炽灯，隔着滔滔水面我也闻到酸菜炒小龙虾的浓烈味道。我本打算过桥去吃小龙虾，但那座桥真长啊，像是永远不可能抵达对岸，直到我看见不远处红红蓝蓝的巨大霓虹灯招牌："假日影城"。

保安室就在影城门口，单独搭的一个小亭子，不知道有没有五个平方，里面倒是挤下了一张床和一张小桌，桌前极为勉强地放下一张矮凳。段雪飞穿着保安服躺在床上，盖一床起码八斤重的棉被，我拎着两饭盒酸菜炒小龙虾进去的时候，他正在听一个还能拉出天线的收音机，像是一个音乐节目，我也不知道他到底去哪里找到的收音机。

他愣了好一会儿才意识到是我，猛地起身掀开被子，想站起来迎接我，但屋内窄到无法承受如此剧烈的动作，他膝盖撞上桌腿，发出可疑声响。

"没得事没得事……是这桌子一点都不稳……"段雪飞急得不行，"……你……你怎么来了？"

酸菜的味道在逼仄的房间里更显明确，我把饭盒打开，说："不是你说要请我看电影。"

他又愣了一会儿，才说："……哦……但今天没有电影了……明天，明天我请你……"

我自顾自剥起了龙虾："你吃不吃？还是自贡海椒辣得舒服，北京小龙虾八块钱一个，放的都是辣椒素。"

他摇摇头："我现在胃不好，在里面穿过一次孔。"

"里面"这个词让我不安，像有什么义务把对话引向那边："……你在里面……这么些年……到底怎么样？"

他想了想，这才说："开始不怎么好，后来……后来也就习惯了……十几年其实过得挺快的，你说是不是？"

并不是这样，我这十几年像刚才走过的那座桥，怎么过也过不完，但我总不能和一个一直在监狱里的人说，我过得比他还要缓慢艰难。

"没想到你会做电影院保安。"话一出口我就感到后悔，有什么必要反复提起那场大火，以及它所带来的一切：死去的电影院保安，十六年刑期，一场大火，大火后第二天突然去自首的少年。

他倒是好像不怎么在意，不知道从哪里翻出一个纸杯，给我倒上水："……找不到别的工作……我这种人……这是我舅舅介绍的。"

我猛地想起那两张电影票："对，你舅舅在文化局。"

他眼睛亮起来："你还记得？"

"记得，他给你的《泰坦尼克号》票。"

他有点不好意思："……其实是我自己买的。"

"买？怎么可能？我早上七点过去都排不上。"

"七点是不行，我五点就去了。"

"……为什么？"

他笑一笑："不为什么，想请你看电影。"

酸菜浸透汁液，辣得我一下说不出话，也无法问出另一个"为什么"。十六年之后，我当然知道这是为什么。在无数次羞辱、挫败与不知所以的性交之后，我想起了一切：荆条花里举棋不定的猫儿，一网兜一网兜糊满污泥的小龙虾，渐水缸前欲言又止的少年。当然是这样，那个圆头圆脑的少年，这冗长岁月中不可思议的一切，是为了我。

我想做点什么，在这冰冷的小屋、冰冷的冬天。但我还能做什么呢，我能做的一切都已沾满污秽。于是我拿出事到如今我还拥有的唯一一种安慰：坐到床上，握住他的手，笨拙而熟练地，吻他干裂乌紫的嘴唇。

他吓得再一次跳起来，又再一次撞到膝盖，说："……你不用这样。"

"你不喜欢我吗？"

他愣了愣，低下头："喜欢的。"

我是个怎样贪婪的人啊，竟还想从这个一无所有的人身上找到一点慰藉，我问他："什么时候开始喜欢我的？"

他有点扭捏："想不起来了……幼儿园吧，可能是幼儿园。"

我吃了一惊："我们幼儿园是同学？"

他点点头："我们厂没有幼儿园，都去你们厂上。"

我试图回忆一个圆头圆脑的小男孩，却一无所获，我甚至清楚记得幼儿园里的泡粑，但段雪飞在我的记忆中，并不比一个白糖泡粑更重。想到这些，我不由又握住他的手。

他又挣脱开："不用，不用补偿我。"

"什么？"

"我不后悔的。"

"什么？"

"……真的，珉珉……一开始肯定是后悔的，十几年，哪个敢说一点都不后悔呢……但也没多久，大概两三年后吧，我想明白了，我不后悔。"

"你到底在说什么？"

段雪飞徒劳地在这个小得不得了的房间里转圈，他找到一根烟，点上，想到烟会熏人，又把烟掐断。

他捏着那根没有点上的烟，假装自己拥有虚空中的火点："那天你七点就去了吧？"

"哪天？"

"泰坦尼克号那天啊。"

我根本想不起来了，只说："可能是吧。"

他斩钉截铁："七点，六点四十五出的门。"

"你咋子晓得？"

他笑了笑，有点害羞："我六点半就到你家门口了。"

"没看见你啊？"

他又笑了："厕所，你记不记得，你们有个共用厕所。"

"厕所锁了的哒？"

"铁丝，你记不记得，我爸妈是铁丝厂的。"

无端端的，想到那天躲进公共厕所的自己，我涌上一股泪意："然后呢？"

"我看见你出门了啊，穿着校服，扎了个马尾巴。"他指了指我的头发，以一直非常熟悉的语气。我已经很久不扎马尾巴了，那种发型要袒露整张脸，如今我总觉得不怎么自在，如今我总是散着头发，遮住小半张脸。

"然后呢？"

他一直说下去了，带着微笑："后来……后来我把你跟丢了，我明明看到你蹲在那里嗑瓜子，你嗑瓜子的样子真可爱啊……但转眼你就不见了……我找了一圈儿没找到，后来……后来我就溜进去了。"

"你进去了？怎么进去的？"

"钱啊，我用你给我的钱，给保安买了包烟，他就放我进去了，就是烧死的那个保安。你不知道吧，他人挺好的，一个老大爷，还问我要不要吃杏子，那年的杏子特别甜……我……我就想看看你和谁一起去看电影，我真的没别的想法，我就想知道你是为谁花七十块钱……我记得那张票的座位，不大好，倒数第二排……我就躲在后面，看到你们了……你和薛凌峰……我看到你们电影放了一会儿，就去了放映室……我看到……看到他亲你……"

我听着我的故事，希望那真的是我的故事，我入了神："后来呢？"

"后来，后来就起火了啊……我不知道火是怎么起来的，我在监狱里问过人，那人是个化学老师，他跟我说，可能是不小心把炭精棒头和用过的油棉纱撞到一起了……我想，可能是你们踢到了什么垃圾筐……开始我以为烧了也就烧了，第二天我才知道那个大爷死了，他给我的杏子还有一个在我裤兜里呢，都烂了……"

我突然愤怒起来，为这个故事里的我们："然后你就去自首？你是不是疯了，你怎么想的？！"

"也不是一下就去的……我去了五次派出所呢，派出所你知道吧，就在筱溪街那边，要过河的，我过了好几次河呢，那个桥来回走来回走，怎么走都走不完。"

我想，是啊，那个桥是这样的，怎么走都走不完。

他打开保温杯，喝了一口水："我后来想通了，你不能坐牢啊，你要考大学的，你要回北京……你都忘了吧，你给我说过，你们一家人是要回北京的啊，你可不能坐牢……我嘛，我反正就是那样了，我也考不上高中，肯定就是去打个工了嘛……我，我也不是很重要。"

段雪飞笑起来，有点不好意思，又有点兴奋，毕竟这是他人生辉煌的唯一顶点。他不认识林小云，他只认识我。他只知道那两个他五点排队买到的位置上，坐着我，和另外一个男生。他只知道我是一个穿着校服、扎高高马尾的姑娘。漆黑影院中他看不清我的脸，他只知道那是他喜欢的姑娘，我很重要，他不后悔。

收音机里一直一直放着同一支旋律，我声音沙哑，问他："你知不知道这是什么？"

"什么？"

"这个音乐，你知不知道是什么？"

"哦……刚才主持人说，什么小夜曲。"

我点点头，说："957 号，舒伯特。"

"什么？谁住在 957 号？"

"没什么，一个外国人。"

从窗口望出去，雨已经停了，真正的雪降落下来，覆盖肮脏万物。我伸出双手，握住三十二岁的段雪飞，像隔空握住那个蹲在我家门前野花丛中的羞涩少年。

"我们出去跳支舞吧。"

"什么？"

"我说，我们出去跳舞，跟着 957 号上的舒伯特。"

# 今天海德薇跳舞了吗

都说他们是天生一对，他们自己也这么想。重新在一起好几年了，树青还要这样说服自己，"我们是命中注定的"，树青会对着不知道哪里说，爱情到了后面，也就是信教，需要默诵箴言，跪下祷告。

　　他们十一岁就认识了。云松住在山上，树青住在山下。山有好几重，开了隧道，曾经通过铁路，快到山顶的地方有一个废弃车站，通往山顶的沿途满是野生花椒树，树下密密匝匝的蚂蚁窝，花椒五月开出白色小花，成熟时已是处暑，暑气蒸腾，九叶青花椒的香气像一条蛇，偷偷摸摸往山上走。树青也想上山，但山上就是农村了。你少给老子朝农村走，妈妈说。妈妈在厂里三班倒，这两年不知道为什么永远在上夜班，心情不好，每一句话都在咬牙切齿。树青后来才知道，从那一年开始，妈妈一个月来两次月经，一次七天，舍不得买卫生巾，一直在用月经带，草纸一箱一箱堆在阳台，树青的床也在那里，草纸有一股腐败草香，只有夜最深的时候才能闻到。

　　树青住在山下贡井盐厂的红砖宿舍，宿舍一共四栋，围住一块水泥地，盐厂子弟校也是四栋红砖楼，也围住一块水泥地，四时没有太阳，风找不到出口，一路回旋上升，像要把所有人卷走。树青就在两块一模一样的水泥地之间穿梭，踢毽子，扔沙包，跳绳，撮箕撒一点米扣麻雀。别的小孩会用作业本生火，当场把麻雀烧了撕腿子吃，不过是胡闹，连毛也拔不干净，作业本不够烧，肉一大半是生的，嚼也嚼不动，大家却还是围成一圈，传递一只半生不熟的死麻雀，一人一口，人人都怕自己在圈子之外，嚼不上那腥味扑鼻的一口。树青一直在圈子外面，有一次扣到一只猫头鹰，火都生起来了，她假装摔了一跤，把撮箕打翻，猫头鹰愣了好一会儿，圆圆眼睛看着树青，这才扑棱棱飞走。都知道树青是故意的，那一段时间她的日子就不怎么好过，但她反正习惯了，她的日子一直不怎么好过。

有时候人人都回家吃饭，妈妈还没有起床，回家也不敢开灯，树青就蹲下看地上的蚂蚁，或者一个人对着墙壁打板羽球。水泥地开裂，夹缝中长出蓬蓬官司草，一到傍晚，蚂蚁就从官司草里头排着队往外走，蚂蚁走完了，天差不多擦着黑下去，妈妈这才在单元门口吼一声，方树青，给老子回屋头吃饭。他们遇到那天，蚂蚁怎么走也走不完，树青在窗前张望两次，又三次偷偷溜回家吃饼干，天迟迟不黑，妈妈始终不醒，夕阳在楼和楼的缺口照出一条出路，树青吃完最后一块葱油饼干，她终于决定跟着流水一般的蚂蚁，沿着光指出的路往山上走。

一上山蚂蚁就四下散开，涌进这一株或者那一株花椒树下，花椒熟透了，整座山都有一种让人眩晕的香气。云松已经长得很高，赤着上身，穿有两道杠的蓝色运动裤和一双塑料大拖鞋，手里拎一个破破烂烂的水红色塑料桶，他在最后的残光下摘花椒，青花椒一小簇一小簇，像青色的火，但这个世界上，并没有青色的火。

这就是他们初次见面的那个傍晚，树青和云松。树青后来总问，那时候你在想什么？

云松每一次都说，谁还记得。

树青又问，那你对我有什么感觉。

云松说，能有什么感觉，大家都是小朋友……你是不是穿了一条黄裙子？

树青是穿了一条黄裙子，黄色塔夫绸。这边白事收礼都是收布，一匹匹挂出来，死者家属戴白花白纱，急匆匆在绫罗绸缎中穿梭。有时候白事办得盛大，院子里挂不下，只能沿着进院的路挂在两旁。竹竿不够用，就挂在树上，树上有鸟，鸟踩在布上休憩、唱歌和拉屎，从早到晚。树青爸爸死时就是这样，来路挂了两百米，白事上送的布都是深黑、深灰、藏青，偶尔有几匹大花布，用来做床单和被套，只有这匹挂在榕树上的塔夫绸，黄到没有一点商量，大半夜做完法事，树青和妈妈送道士出门，远远就看见绸子在闪光，在满是哀乐和香烛的夜里。树青总担心绸子被偷走，她搬了长板凳，坐在路边，隔几个小时就有不知道谁在门口叫她，让她进去磕头，她就进去磕头，磕完头再出来守着。夏夜长得不得了，她就睡在板凳上，塔夫绸半悬空中，像一个迟迟不肯落下的太阳。

丧事一结束，妈妈断断续续把布料卖给裁缝店，因为不想被人看见，她假装把布料搬回外婆家，天远地远扛着布回到镇上，又天远地远扛到另一个镇去卖。一周只有那么一天有空，卖到最后，已经是第二个夏天，妈妈终于留下这匹塔夫绸，给树青做了一条大摆连衣裙，剩下大半匹放在衣柜顶上，用塑料雨布遮住挡灰。妈妈也可以做一条裙子，树青总这么想。妈妈是很美的，结婚照挂在墙上，穿一条翻领红裙子，树青每次抬头看见，还是觉得美到惊心，但妈妈一直没有再穿过裙子。妈妈现在穿蓝色工作服，洗得发硬的牛仔裤，看电视的时候把旧羊毛衫拆了打，打了又拆，高领改低领，又改回高领，冬天一直穿爸爸留下的褐色真皮外套，但她再也没有穿过裙子。

他们后来反复确认过两个人说的第一句话。云松说，是树青问他，你在干啥子？

树青却记得，是云松皱着眉头说，你是哪个？你这个衣服不得行，招墨蚊。

黄裙子确实招墨蚊，铺天盖地的墨蚊呼啸而至，树青被困在当中，像四周笼着一朵又一朵淡黑色的云。树青怎么跑也跑不开，急得胡乱跺脚，叫道，喂，喂，你救救我啊，你咋子不来救救我啊。

云松徒劳地挥了几下手，那些云却毫不退却，最终他把塑料桶里的花椒倒在地上，又翻出一盒火柴。云松后来说，他也不知道为什么，自己会有一盒火柴。

因为我们是命中注定的，树青想，花椒，墨蚊，火柴，一切都是。

青花椒烧起来不是青色的火，这个世界上并没有青色的火。所有火都像晚霞，他们坐在花椒树间，看人间的火烧到终点，而天空又烧了起来，树青记得自己当时想，玉皇大帝和王母娘娘不知道住在哪里，这个世界上到底有没有玉皇大帝和王母娘娘。她希望有，这样什么都有个解释。他们应该说了很多很多话，但最终一切都烧尽了，云、云一般的墨蚊、惹人发笑的话语、盛大的晚霞，树青什么都忘了，爸爸的惨死、爸爸死后再也没有笑过的妈妈，回家后必然要挨的一顿打。月亮升到中天，牛郎和织女无限接近银河，露水渐渐下坠，猫头鹰在露水之间呜咽，这就是树青和云松认识的第一天。

直到上了高中，他们的关系还是在暗地里生长，像大树如盖，树荫底下长了两个蘑菇。盐厂子弟校和村里学校都只到初中，树青一年前就开始憧憬，高一前的最后一个暑假，他们每天爬到山顶，顶着烈日在小堰塘里游泳。我们可以做同桌，树青半躺在一个废弃轮胎上说。堰塘不怎么干净，一半漂满水浮莲，水浮莲开紫花，她试图让轮胎从紫花中穿过，那时候热播的一个连续剧，男女主角坐了小船，在荷塘中穿梭。他们没有荷塘，只有这个山顶深处的小小堰塘，池水混浊，水浮莲下面不时有死鱼翻起，那股腥臭久久不散，树青却仍觉得满足。

云松则一直潜在水底摸螃蟹，半晌才出来透气。你不要跟人说认识我，云松摸到一长串小螃蟹，他游到岸边，扔进水红色塑料桶，塑料桶还是那一个。他顺势上了岸，坐在李子树下吃李子，青李子又脆又甜，云松下山会摘一篓子，和着一篓子螃蟹，坐在路边卖。他一声也不肯出，有时候从傍晚坐到天黑，并没有人知道他是在卖螃蟹，他于是又背上山回家，在月光下经过那两排九叶花椒树。树青有两次想帮他叫卖，但云松下了山就像不认识她，给她一串螃蟹，又递给她一网兜熟透了的李子，挥手让她走。树青回到家，蒸饭，炒螃蟹，把李子洗出来，妈妈睡够了起床，吃螃蟹和李子，妈妈问，李子好多钱一斤？

树青说，一块五。

妈妈照常骂起来，螃蟹炒太咸，浪费了嫩姜，李子买贵了，李子永远是买贵了。树青渐渐明白，妈妈是不会变的了，就着这些话妈妈才能吃两碗饭，才有力气继续去上班，才能咬着牙一直当她的妈妈。树青也不怪妈妈，她只是把耳朵放得很远，眼前的这些话早就失去了意义，树青觉得自己这些年一直住在山上，只是为了照顾妈妈，她才每天下山。

树青一面洗碗，一面想到刚才。轮胎被水浮莲的根缠住，她大声说，为什么？为什么不能跟人说？

云松游过来帮她，轮胎好容易出来了，他也爬上去，躺在树青身旁，像同桌和同桌。过了很久很久，云松才说，对你不好，你不懂。

他们当然不是同桌。树青坐第二排中间，云松最后一排靠窗，窗外一棵泡桐，树枝伸进教室里来，开淡紫色花朵。山上有很多泡桐树，他们最喜欢的那一排在半山坡，两个人坐在树下，看树青从工厂图书室借来的书，《读者》《青年文摘》和《世界博览》，厚厚一叠，装在那个水红塑料桶里。书是云松让树青去借的，两个人都喜欢看书，什么书都行，云松卖很久很久李子、核桃和野葡萄，存下一点钱，他们会选一个周末，在山下租好三毛钱一本的漫画，还是装在水红塑料桶里，拎到山上来看，看完了又下山，再换另外一桶。他们习惯于把一切甜美的事情都留在山上，好像山的四周施展了什么咒语，确保不被山下的世界侵扰。书拎起来有点重，沿途两个人得换好几次手，有一次遇上下雨，云松摔了一跤，一水桶的漫画糊满泥，树青在租书的地方哭了半天，老板终于答应只罚他们二十块钱。冬天山上没有什么果子，为了这二十块，云松把堰塘底下冬眠的青蛙全部抠了出来，城里人爱吃青蛙，冬天尤其卖得出价钱。这件事过去很久了，云松还能听见青蛙的叫声，就在耳边，一声声。

树青说，你知道吗？泡桐树会引来凤凰。云松笑起来，梧桐，不是泡桐，凤栖梧桐，你懂不懂？树青说，日本的，泡桐会引来日本的凤凰，你看，《世界博览》就这么说。云松一直觉得树青有点傻，但有时候周末树青上不来，他一个人坐在泡桐树下，又会希望看见凤凰。

凤凰也被困在了山上。和别的农村学生一样，云松开始住校，学校周末要上自习，一屋子人埋头坐在教室里，树青在第二排中间，云松最后一排靠窗，泡桐挂满青色果实，熟透后一个个砸到桌上，那印子迟迟不消，像青色的血，流而不尽。树青和云松前面一个叫玉梅的女生变得很好，有时候她和玉梅隔着好几排人说话，树青会狠狠看云松几眼，似乎这样就可以把看见的东西存起来，就像松鼠存起松果，以熬过冬天。云松却永远埋着头做题，他的头发原本长得很长，但剪头贵而麻烦，现在近乎光头，露出青色头皮。树青想，云松连头皮的颜色，都和别人不一样，他那种青特别青，像我名字里的那个青。

只看名字也知道，玉梅是农村学生，她和云松是一个村的，一起上村里的学校。班上第一次摸底考试，云松和玉梅都考得不好，和别的农村考上来的学生一样，"农村孩子要多努力，你们家庭条件差，基础薄弱"，老师们公然这么说。云松都听见了，但他很少抬头，他整日整日做题，山上的那些时间，起先变成回忆，后来成为传说。树青给云松写纸条，夹在一本数学习题册里，她筹划了很久，才能让玉梅把习题册递给云松，"星期天下午三点"，下面画了一棵泡桐树，树青不大会画画，她只是用了红笔，把泡桐果涂得特别红。高中周末也要自习，每周只放半天假，树青在泡桐树下等了又等，泡桐果满地乱滚，天早就黑了，树青眼睛发红,像真的有鲜红果子在眼前发光。周一再到学校,早上七点半,云松已经坐在那里做题,面前摊开的正是那本数学习题册,左手拿一个馒头。他瘦了好多,树青想。往后她没有再尝试过这件事,她觉得自己以前手里攥着一个秘密,现在攥着更大的一个。

班上五十个人,十二个农村孩子,还有十三个城市孩子父母一同下岗。大家都知道得很清楚,因为名单写在教室后面黑板报上,二十五个名字,整整齐齐排在"爱心助学"四个粉色大字下面,云松的名字在倒数第三个。树青的名字倒不在上面,厂里的双职工都要下一个,她们家孤儿寡母,妈妈就轻轻松松逃掉了。好像这是多少年来,妈妈第一次逃掉一种写进骨血里的命运,她甚至调去了办公室,批哪些人应该下岗。妈妈突然变得重要,工人们送来腊排骨、养得半大的兔子、一咕噜一咕噜香肠。兔子吃了太多鱼鳅串,在阳台上疯狂拉屎,香肠蒸熟后满屋异香,妈妈就在这股异香中清理阳台,兔子屎非常臭,但妈妈一直哼着歌。妈妈当然不是因为香肠快乐,她快乐是因为正在和副厂长耍朋友,妈妈死了老公,副厂长死了老婆,按理说是天造地设的一对,但如果结婚了妈妈就要下岗,于是他们就没有结婚,惊心动魄地谈着地下恋情。副厂长每晚过了十点才敢上来,早上五点又要回去,他原本就有点老,这一年更是白了大半头发,都以为他为厂里业绩操碎了心。副厂长是个好人,他不过是想和妈妈在一起。有一次树青回家早了十分钟,看见他们手牵手坐在一起吃饭,为了能用右手牵住妈妈的左手,副厂长正用左手艰难地吃抄手,红油溅在衬衫上,晚上睡觉前,树青还看见他蹲在卫生间里洗衬衫,那天以后,树青开始叫他"叔叔"。树青想,他和妈妈,就像自己和云松,既然我们是可以被原谅的,那他们也是,既然他们可以手牵着手吃抄手,那我们也可以,迟或者早。

云松大概三年都没有吃过抄手,食堂里来来回回就那几个荤菜,回锅肉、爆炒猪肝、心肺汤,鱼只有白鲢,没有鸡,没有牛肉。学校门口有家店卖芋儿鸡和烧鸭公，副厂长带树青和妈妈吃过两次，树青就总希望云松能吃到，但这是不可能的，"爱心助学"名单上的人不应该吃鸡，吃肉也要谨慎，偶尔可以吃鱼。

树青值日的时候偷偷把云松的名字从"爱心助学"里擦掉过两次，第二天又被不知道谁补了上去，描得更粗更醒目，树青渐渐明白，那些名字是擦不掉的。有时候她会感到庆幸，为自己不在这个名单上，又为这种庆幸愧疚，好像这同时背叛了爸爸和云松。妈妈和副厂长的事情终于传开，他反而想通了，辞职下海，承包了一个私人铁丝厂，副厂长变成厂长，买了大哥大，妈妈右手伸出去三个金戒指。树青每周日下午去逛新华书店，她不再租书了，她买了一套又一套全集，鲁迅，金庸，托尔斯泰，契诃夫。树青反反复复读契诃夫，古罗夫和谢尔盖耶芙娜相亲相爱，"他们觉得他们的相遇似乎是命中注定的，他们不懂为什么他已经娶了妻子，她也已经嫁了丈夫。他们仿佛是两只候鸟，一雌一雄，被人捉住，硬关在两只笼子里，分开生活似的"。树青想，契诃夫什么都懂，契诃夫认识所有人，包括她和云松。这一段她睡前老翻出来看，云松已经很久没有和她说过话了，云松变得更瘦，有时候老师叫他上去做题，树青看见他的眼睛里有一团火，不知道为什么，他看上去总是很饿。

到了高三，树青什么书都不看了，只是疯狂做题。半年前他们就搬进新房，一套在河边的三室两厅，后面带个花园，妈妈在花园里做了假山，假山上一棵歪歪扭扭的小黄桷树，假山上的树是长不高的，秋天会落叶，春天会发芽，但终究仍是假树，凝神看久了会觉得别扭。有时候做题太累了，树青会抬头看一会儿小黄桷树，山上有真正的黄桷树，大树参天，秋天挂番茄大小的果实。但到了现在，真正的山已经离他们很远，他们只有眼前这些，假的山，假的树，困在假的人生里。古罗夫和谢尔盖耶芙娜抱在一起哭泣，"似乎再过一会儿，答案就可以找到。到那时候，一种崭新的、美好的生活就要开始了。不过，两个人心里都明白：离着结束还很远很远，那最复杂、最艰难的道路现在才刚刚开始"。

"爱心助学"名单旁边是五十个人的考试排名，期中考试排一次，期末考试再排一次。高一第一次排，云松第十三名，树青二十一，后来分科了，两个人都去了理科，摆脱了政治和历史之后，云松一直在前三名，树青则在十名到二十名之间徘徊。树青有时候会不服气，想往前冲一冲，但她也知道，她眼睛里没有这团火。以前大概也有过，在爸爸摔进沸腾的盐卤锅子被活活烫死的时候，在妈妈为李子一块五一斤放开嗓子骂人的时候，但现在的树青和当年不一样了，火变得温吞，像水一样无所谓，往怎么都行的方向流。副厂长的生意越来越好，他对妈妈有一种难以置信的迷恋和忠诚，他又买了一套房子，不管不顾装修出来，也不出租，就空在那里，说要留给以后树青结婚的时候住，房子甚至比他们这套装得更好，一屋子大理石，厕所里不是蹲坑，是白色陶瓷马桶。树青去看过一次，高考前的三月，春寒料峭，走进去四下冰凉，为了散味，每个房间都有呼啦啦穿堂风。树青无端端想，这里真冷，像爸爸开追悼会那天火葬场的灵堂，在那天之后，树青还没有那么冷过。

再冷的春天也过去了，四月填志愿前的最后一次摸底考试，云松考了全市第二，这个区级中学多少年没有出过这种成绩了，老师们逼着他填北大清华，不惜把志愿表藏起来，但云松出奇固执，他和班主任吵了一架，坚持填了南京大学计算机系。班主任气得两天没有收那张表，云松就把表贴在黑板上，于是每个人都知道他只填了三个志愿：南京大学，武汉大学，重庆大学，沿着长江一路上溯。在此之前，云松从来没有提过他对长江有什么执念，他根本没有见过长江。倒是初二的时候，树青妈妈评上市里的三八红旗手，被组织去了一次三峡，树青也去了，妈妈终于翻出那半匹塔夫绸，做了一条连衣裙，树青现在才发现，那种明黄太确定了，穿出去让人不安。妈妈却浑然不觉，她像是卸下了什么重负，站在船头读《神女峰》，树青第一次知道，原来妈妈读过舒婷，妈妈也想伏在爱人的肩头痛哭一晚。树青给云松带回一网兜血橙，血橙切开真的有血，他们坐在泡桐树下一气吃完，云松没有问过一句话，关于长江或者血橙，关于一次他从未有过的旅行。

三所大学树青都考不上，高三之后她成绩又往下滑了滑，大概能上一个比较差的重本，但她的志愿填得很细，连专科都填上了，所有志愿都在南京，包括"南京机电职业技术学院"。树青想，她力气很大，以前掰手腕连云松也掰不过，也许可以做个钳工，虽然她不大知道，现在哪里还需要钳工。

高考三天一直暴雨，树青和云松不在一个考室，考完最后一门，考生出了校门，却谁也不肯走，雨大到像把每个人囚禁其中，同学们在雨中撕书、唱歌和大哭，哭声大到那种程度，连这样的暴雨也盖不住，树青也在哭，她一面哭一面远远看见云松，他买了一根雪糕，站在路旁，微笑着看着大家。这种天气，吃雪糕显得很滑稽，但他一口口吃完了，又走了好一阵，把那根木棍仔仔细细扔进垃圾桶。回来之后他好像下定了什么决心，撕着一本化学习题册就加入了大家。雨狠狠打在每个人身上，地面排水不好，平地里生出浩瀚波浪，水越过所有障碍一路往下，汇进不远处的旭水河，再往下便入了沱江，它们终究会往长江的尽头走。火一直催促，但最终是水带给每个人自由。

玉梅也进了南京林业大学，她们都填的英语，玉梅顺顺利利进去了，树青没考好，被调配进制浆造纸工程。树青为这个专业哭过几次，制浆造纸系让她想到自贡新华印刷厂，姨妈是厂里的切纸工，厂里这工种有二十五个人，其中十三个人少了一根至三根手指头，少手指头是没什么的，还在切纸，还是照样三班倒。只有个小姑娘技校毕业，刚过入厂培训，小姑娘爱漂亮，上班时也围了一根红色羊毛长围巾，围巾被卷进切纸机，她伸手去扯，于是整只手也卷了进去。那台机器就是姨妈平日里用的，姨妈说，好几天了，切刀上还往下掉肉渣子。小姑娘后来进了工会，她很快学会了用左手抱茶杯、写材料和填表。残疾人不用下岗，工会的工作人人想要，到了后面几年，厂里还有不少人说，这是命好。姨妈的命就差一些，工龄二十三年，十个手指头完完整整，在第一批下岗名单上。

玉梅说，我们这是本科学校，毕业了不会进印刷厂。树青说，制浆造纸，那就是进造纸厂。玉梅说，也不会的。树青说，那能去哪里？玉梅说，这个周末你去不去浦口？树青思考了一会儿才说，去的，我也去。

到南京后树青见了两次云松，都是和玉梅一起。班上只有他们三个人考来南京，林业大学在市区，但南大新生都去浦口。那地方已经过了长江大桥，先坐车到大桥南路，再在一个乱糟糟的公交站等高新线。大桥南路有家乐福，酱鸭翅一盒四块五，玉梅去之前会三天不吃早饭，存十块钱买两盒带过去，树青当然有钱，但在这个故事里，钱有点无耻，也有点可悲，钱让一切都变得赤裸。浦口没什么可逛，云松带她们上一座小山去看南大天文台，三个人坐在天文台后面的水泥坝子上啃鸭翅膀，鸭翅膀啃到最后非常咸，但树青太谨慎了，连一块钱一瓶的矿泉水也不敢擅自去买。高考结束之后，树青和云松没有再见过面，树青去了云松在山上的家，他的父母在水泥坝上晒苞谷和干海椒，那房子几乎快倒了，围墙上写着一个血红的"拆"。云松不在家，他妈妈笑眯眯问树青，幺妹，要不要吃根苞谷杆？树青就坐在院子里吃了一根苞谷杆，不知道怎么回事，云松家里连苞谷杆都比别的苞谷杆要甜，干海椒有让人眩晕的香气，树青在院子里等了云松很久，他却一直没有回来。天黑透了，猫头鹰站在屋顶，严肃地俯视人间。树青想到云松说过，他家有猫头鹰，把鸟窝做在门前一根废弃的钢管里面，有时候猫头鹰心情愉快，就会在钢管里拍着翅膀跳舞，她又想到云松学猫头鹰跳舞，手向外翻飞，拍打一根并不存在的钢管，不由坐在院子里笑出来。月亮升到最高点，树青这才下了山，她拎着两串云松妈妈送的干海椒，回到副厂长那套三室两厅的房子。那个梦已经很远了，干海椒的味道还在梦的残留中出现。

酱鸭翅实在咸，玉梅终于提出想去买水，她看着云松，云松却没有搭话，玉梅于是自己下了山，教育超市就在山下，一来一回大概是十五分钟，他们就有这十五分钟时间。开始五分钟都是沉默，一直到云松开口，他说，我妈说你哭了。

我没有哭。

我妈说你哭了。

只哭了一点点。干海椒太辣了。你家的海椒是什么种，寒假回去能不能给我一点，我妈现在也种菜。

云松突地放松下来，我回去问问他们，但是我妈不种菜了，我爸也是。

树青觉得他在等着自己提问，但她停了一会儿，直到看见玉梅已经在山坡下面，这才问，为什么？

云松有点着急，像必须赶在玉梅上山前做出交代，他说，我家拆了。说要拆说了很久，后来又说政府没钱。但最后还是拆了。就是前几天。整个山都要搞一个度假村，他们现在跟着盖房子，等以后建好了，就在里头上班。都说好了，我妈可以进厨房，我爸当保安，农转非，以后不算农村户口。

树青并没有真的反应过来，那你爸妈现在住哪里？

云松一下怔住，玉梅都快到眼前了，他才说，可能就住工地上吧，暂时的，以后就好了，以后他们就有工作了，两个人都有工作了。

玉梅买了两瓶可乐，云松一瓶，她俩合着一瓶，两个人都悬空喝，可乐倒灌进鼻子里，一直到上了回去的高新线，树青还觉得鼻腔里的气泡一点点裂开。那种碎裂感非常明确，却又难以描述，树青想，谁会知道一个人鼻子里的气泡呢，更不会有人知道它是如何裂开。高新线从长江大桥上驶过，货船顶上有灯，在江上浓重的水雾中徒劳地闪烁，雾让一切都变得糊涂，树青就在那个时候接到云松的短信，他说周末来学校找她。他还说，你想想办法，别让玉梅知道。

他们在一起大半年了，玉梅才知道。已经是第二年初夏，两个人去夫子庙吃金顺鸭血粉丝汤，牵着手排队等小笼包，人多得不得了，他们排了许久，忽地看见玉梅在几十米开外，和同宿舍的女孩子挤成一团，玉梅先看见树青，大声叫她，随后才看见云松的手。那段时间他们非常快乐，有时候树青去南大，云松带她去吃浦苑餐厅的三鲜砂锅，那个餐厅要上一个很陡的楼梯，只能单人通过，云松走在前面，会忍不住转头亲她，后面的人就都停在楼梯上，等他们亲完。他们在各自的图书馆里读完《哈利·波特与魔法石》，树青想到她放走的那个猫头鹰，又想到那时候刚好十一岁，她可笑又固执地无法释怀，树青甚至让云松夜里陪着去龙王山上找过几回，他们走到山的最深处，在一个比人还高的草丛里停了下来，那是他们第一次尝试做爱，猫头鹰的鸣叫在即将结束前出现，树青说，海德薇，那是不是海德薇？云松生生停了下来，两个人又穿上衣服四下去找，海德薇没有找到，露水已经下来，空气黏稠，草丛潮湿，他们又在猫头鹰的叫声中一路下山。树青原本以为云松会提出去宾馆开房，但最后他们在网吧里待了整晚，在那段时间里，云松有一种惊人的温柔和耐心，他甚至故意让自己过得不怎么愉快，好像这样才可能补偿她整个少年时代。

但回到玉梅这里，有那么一瞬间，树青以为云松会扔下她跑掉，只是他最终控制住了那种一目了然的冲动，他放开树青的手，还算镇定地和玉梅挥手打了招呼。玉梅愣在那里，似乎想说什么，但中间隔了几十笼灌汤小笼包，她只是更大力地挥了挥手。那天晚上云松和树青都没有再提过这件事，鸭血粉丝汤一股味精味儿，小笼包烫了两个人的嘴，一直到他们急匆匆各自回到学校，嘴里那股火还没有熄灭，树青反复用凉水漱口，睡前连电话也没有打给云松，她坐立不安，爬到上铺时几乎跌了下来。什么都要变了，什么都会不一样了，猫头鹰的叫声会就此中断，树青整夜整夜想，她甚至半夜爬起来，借着楼道的灯光写了两页纸，以备之后向玉梅解释清楚，楼道尽头的窗下是花圃，小玫瑰在夜里开得清清楚楚，衬得她写下的两页纸更显糊涂。

　　但什么都没有发生，第二天玉梅没有来找她"解释清楚"。她们下一次遇到是在食堂，玉梅打了糖醋小排和麻婆豆腐，欢快地招呼树青坐在一起。树青叫了一个大排面，等面的三分钟里玉梅笑起来，啥子意思哦，还要搞地下恋哦，怪不得这段时间云松都不让我去学校耍了哦，郎才女貌天生一对哦，恭喜了哦。玉梅当然是喜欢过云松的，她和树青一样，甚至为此考到了南京，她大概也有点失落，但玉梅过着一种正当的十八岁生活，也就是说，她把过往轻轻松松甩在了后面，压根没想过这会和自己的一生产生什么关联。树青却总是想到一生，什么都让她总结为命运，命中注定的，树青习惯了这么想。只有在那个瞬间，树青也被这种轻松感染，她快乐地吃完了大排面，两个人又一起拎着水瓶去打水，龙头有点漏，树青故意把小小的滚烫的水滴溅在手背上，感受那种什么也不怕的痛快。

　　树青在电话里说，玉梅啥子都没问。云松说，她不好意思问。树青说，我觉得好像不是。云松说，你不了解玉梅，我们小学就是同学，我晓得她。树青故意说，玉梅也交了个男朋友，计算机系的。云松说，我们学校计算机系？树青说，不是，我们学校计算机系。云松在电话那头沉默了一会儿，这才笑起来，你们学校还有计算机系。又过了一会儿，云松没头没脑说，她家也马上要拆了。她家两层楼，拿的补偿比我家要多点。

树青和云松似乎就此自由了，整个南京并没有另一个人知道他们的过往，这样说起来，又好像他们有什么了不起的过往。他们的恋情在中学同学里渐渐传开，大二那个寒假，班上搞了一个同学会，在一家非常辣的鳝鱼火锅店里，大家逼着他们当众舌吻一分钟，那一分钟辉煌极了，整个气氛比特辣锅底还要沸腾，但过去了也就过去了。一分钟以后，大家都坐下来，专心致志烫鳝鱼和毛肚，用漏勺烫脑花，再用另一个漏勺捞沉底的香肠和排骨，树青和云松几乎是立刻就被遗忘了，往后的两年，没有人再在同学会上关心过他们的进展。树青有时候想到往事，会觉得好笑，我们是不是很傻啊，她说，翻出那两页纸给云松看。云松不大喜欢她提这些，他把纸撕了，沉着脸说，那是因为现在不一样了。

现在确实不一样了，度假村居然真的在两年后建了起来，云松的父母拥有了拆迁补偿、安置房、工资和城市户口。安置房就在度假村外面，山坡上孤零零两栋七层楼房，暑假回家，云松带着树青去看，七楼的两室一厅，瓷砖、沙发和卫生间，云松重点带树青看了卫生间。卫生间非常大，窗户对着度假村的橘子林，这个时候刚挂上青绿色小果，有些果子是长不大的，三三两两掉在贴了蓝色马赛克的窗台上，又滚进同样用马赛克砌成的浴缸，浴缸里头养了五六条鲫鱼，两只小龙虾沉在水底，偶尔浮上去，吞食水面上的几点碎面。那时候没见过谁家里有浴缸，树青自己家也没有，卫生间只是空荡到可以打拳。树青很高兴，说，这太好了，你还记不记得以前我们上厕所，半山上的草棚子，要蹲在一个大缸上面。云松说，不记得了。树青说，怎么会？夏天蚊子多得不得了，去一次要咬二十几个包，你怎么会不记得？云松只是不耐烦，不记得就是不记得了。他那天就此不开心起来，他们是特意来新家做爱的，树青穿了一条绿裙子，裙子式样大胆，露出锁骨和后背。云松原本最喜欢树青穿绿色，他们原本就是两棵树，但那天他们做得很仓促，中途云松几次扭头看窗外的橘子林，树青感受到那种力不从心，那是一颗心在烦躁、自我厌恶、忍耐、不可忍耐后终于离家出走，为心自己也不知道的原因。也许心是知道的，它只是扭头不想面对。

一直到最后，树青也没有想清楚他们分手的原因，但她也没有努力去想，她努力了太漫长的时间，终于感到疲倦。分手是她提出来的，通过一个短信，云松始终没有回答，他只是没有再找过树青，树青倒是又去了一次浦口，她在校园里逛荡许久，走到天文台前才想起来，云松已经去了鼓楼校区。没有他的校园原来并没有什么不一样，树青在那个时刻感到一种久违的自由，她甚至借别人的饭卡，去浦苑吃了三鲜砂锅，楼梯还是那个楼梯，树青上去又下来，楼梯没有任何震动，她也没有。

树青于 2004 年大学毕业，她果然进了造纸厂，厂在北京顺义，以一种获得专利的"干法静电复印纸"闻名。树青在制浆车间做 DCS（Distributed Control System）操作员，操作员需要三班倒，像妈妈当年一样。她也像妈妈一样穿蓝色工作服，把头发拢进蓝色工作帽中，在燥热、喧闹和灰尘漫天的造纸车间来回巡检，工人们叫她"方工"。这个头衔让她快乐，她大学成绩不过中等，但成为方工之后，她经常读论文读到很晚。造纸厂都自动化了，如果不出故障，机器就二十四小时转动，她甚至会盼着卡纸，这样她就能把 I/O 模块、通信模块和 AI/AO 模块拆下又重装，她喜欢上了机油的味道，有时候故意蹭到工作服上，她总穿着工作服。毕业后的第一个春节，树青没有回家，她去了广西大化，那边山里有个村子，有上百家手工造纸坊，树青和村民们一起，把嫩竹变成纸浆，把纸浆变成料泥，再把料泥变成纸。她带着几刀纸回到北京，手工纸摸上去有明显的颗粒感，又软又韧，墨汁一下去就能往里吸透，树青想，这倒是像伏地魔留下的那个日记本。她自己裁了纸，打孔后用麻绳订成本子，从此便每天在上面写日记，仿佛这真的是一个魂器，树青把灵魂的碎片装了进去。

整个少年时代树青都在渴望离开工厂的一切，红砖楼，子弟校，嬢嬢们赤裸着身体在里面搓衣服的大澡堂，但现在树青又回来了，回到工厂的庇护下，并且为此感到一种扎扎实实的安心。工厂真好，提供三十平方米的宿舍、每天三顿的食堂、还不错的薪水以及北京户口。北京户口似乎很重要，因为中学群里多次有人提起，方树青，方树青拿到了北京户口。户口本办下来那天，厂里正好发了一笔奖金，厂长郑重其事让财务取了现金，封进红包里，一个车间一个车间地发下来。树青捏着那叠钱，又翻开手边的户口本，她终于懂了，正是这些东西多年来都横亘在她和云松之间，两个少年的爱因此而来，又因此腐蚀朽坏，她感到恶心，这种恶心久久无法消散。树青把户口本锁进抽屉，她默默发誓，要尽自己的可能不使用它，树青决心拒绝一种被视为正常和正当的人生，在二十三岁这一年。

但是云松又出现了。云松为什么还要出现？因为我们是命中注定的，树青只能这样想。已经是 2008 年，这两年厂里效益不大好，校招停了，一些技术人员被"转岗"，树青作为技术骨干留在了原地，只是更累，三班倒时不时会变成两班，她瘦了很多，毫无怨言。地震那天树青刚上了十二个小时班回来，进宿舍倒下便睡，困到极致后梦变得纷繁，她先是梦见自己上了山，然后又是一场大雪。自贡是不会下雪的，多少年都没有下过了，树青在梦中也知道这是梦，但她被眼前的东西迷住了，雪，雪下的花椒树，雪下的猫头鹰，站在花椒树树梢。梦中她感到谁猛地推了自己一把，一个她往前扑倒在雪地里，另一个她半醒过来。以前云松会这样，他睡得不好，总在梦中拳打脚踢，他平日里已经够累了，梦中更是，他是一直在打仗的，永远兵荒马乱。树青说，云松，别推我，我还要睡呢，我在做梦。这句话一出口她就醒了，树青坐起身，看见桌上一包纸巾掉在地上，她去捡纸巾，这才发现自己满脸是泪。地震的消息是之后才知道的，起先也不知道震中是哪里，有人说是成都，那就和自贡很近了，又说8.2级，树青于是搜了很久八级以上地震的视频，有时候发生在海边，海浪像山一样扑过来，树青从中找到一点安慰，自贡毕竟没有海。四川的电话都打不通了，中学同学的QQ集体下线，整整四个小时，树青和那块她一直想脱离的陆地终于实现了脱离，她发现身边涌出了大海，而自己孤身于其中，毫无办法阻拦，也是在那四个小时中，树青接到了云松的电话，他在上海。

云松说，你家里没事吧？树青说，不知道，电话打不通，你家里呢？云松说，也打不通。树青说，他们还住山上？云松说，还住山上。树青说，度假村生意还好吗？云松说，应该还可以，你妈还好吗？树青说，应该还可以。

树青确实不知道，她两年没有回家了，上一次回家是2006年4月，她请了年假，想给爸爸迁坟。爸爸的坟原本在艾叶镇边缘的半山上，姑婆家住那边，山里有几块地，当年从爸爸的抚恤金里拿出一千块租了下来，最后选中的那块一面挨竹林，一面挨姑婆家的菜田，那地方什么都长得好，春笋挖了又有挖了又有，蒜苗一节节往上蹿，血皮菜怎么割都割不完，坟上杂草茂盛到看不见坟头，每年都拔，第二年一开春又扑了上来。妈妈说，这是好事，说明坟是活坟。中国人真是有一些奇异的想法，人死了，坟却可以活着。这两年市里开始清坟，镇上找了几回，让他们把坟迁进公墓，一个坟补偿一千五百块。姑婆家里人都想拿这一千五，支支吾吾提了好几回，妈妈的意思是一直装傻拖着，树青却想，爸爸爱面子，别人不欢迎他了，他自己也想走，于是迁坟就这么决定了下来。

迁坟跟副厂长没关系，但他忙上忙下，一定要出所有的钱，树青想自己出，递了几次现钱他都坚决不收，到最后已经是真正动了气，树青觉得困惑，却又有点感动。爸爸在公墓里的地方非常气派，仿佛他也从厂里共用卫生间的红砖房子，搬到了三室两厅的商品房。那天原本一切都好，三个人喜气洋洋，在墓碑前上香、烧纸、放鞭炮，好像他们在一起磕头鞠躬感谢爸爸，是他及时退场，成全了这个新的无可指摘的家庭。妈妈和副厂长是为一点点琐事吵起来的，大概是妈妈拿来上供的那刀三线肉没有烧毛，十几根黑猪毛又粗又短，在风中飘舞，副厂长觉得这不体面，妈妈觉得这根本没什么，两个人起先只是小声吵嘴，往事就此滚滚而来，像造纸机一般越吐越多，这么多纸是会把人压死的。回去车上妈妈几乎要去跳车，副厂长也想把车往河里开，前轮都探出去了，终于在河沿上生生刹住。他们都哭了，哭到惊天动地，用头去撞窗户，像要把这十几年的秘密哭成一条河。树青先是一头雾水，听到最后终于懂了：他们老早老早就好上了，起先都以为是一时的，谁知道渐渐大家都动了真情，妈妈想离婚又不敢，副厂长便找爸爸当面去说，前一天晚上说的，爸爸正要下班，他当即调了个晚班，第二天又连着上了个中班，然后又是一个晚班，掉进盐卤锅子的时候爸爸已经超过三十六个小时没有睡过。班是他私下调的，没有上排班表，都不知道他熬了这么久。树青还记得，当时厂里的人都说，爸爸掉进去是因为喝多了酒，"脑壳有包唆，晓得自己在锅炉边边儿打转，还要喝恁多找死唆"，办丧事那几天，总有男人一面喝酒，一面这样说，到了今天树青才知道，爸爸一滴酒也没有喝。妈妈和副厂长都是好人，往后好几年了，他们还没能从捞起来的那副白骨中过去，当然最后都过去了，重新在一起后两个人的感情好到可怕，好像不是如此，就无以彼此说服，又好像他们拼了命幸福，爸爸的死才有个正当理由。那天晚上他们又和好了，像什么都没有发生过。四川的清明就是那样，下很小很小的雨，雨中带泥，一家人坐在院子里泥渍斑斑的玻璃顶下吃饭，吃的正是那天上供的猪肉，猪毛已经清理干净，切成大片和蒜苗一起回锅。小区里的野猫抓了池子里的小鲫鱼，跑到玻璃顶才开膛破肚，谋杀就发生在头顶，他们却浑然不知，埋头吃着回锅肉，只有树青看见了，野猫一口咬掉鱼头。

树青和云松重新在一起之后，她说过一次那个清明，从爸爸长满野草的坟头，一直说到最后那盘回锅肉。那段时间里他们有点像妈妈和副厂长，比赛着把心掏出来，血淋淋放在对方面前。云松说，他父母其实已经失业了，度假村还在，生意也好，但老板不要他爸妈了，他们老了，不怎么干得动，样子也不体面，度假村现在想走高端路线，不再招他爸妈那种农转非的员工。他们都招城里人了，农村人还是一眼能看出来，有没有户口都一样，云松语气平淡，进行一种公正客观的叙述。他爸妈现在就在家里，他们没有地了，又总想种点什么，就往更远的山上走。那边没有度假村，住那边的人还是农村户口，他们开了一小片山，种四时的绿叶菜，每天摘两筐下山去卖。楼房无法养猪，他们便在楼道里一笼一笼地养兔子。他们现在又是农民了，云松说，兔子屎非常臭。他也好几年没回家了，他和树青很快组成了一个新的家，这样两个人又重新拥有了家庭，人总要有个地方可以回去，他们大概都这样想，何况他们是天生一对，命运进行了如此漫长的铺垫，难道不就是为了这个最终结局？婚讯在同学群里传开后，大家都这么说，太好了，这是命中注定。

云松在上海的事业很好，已经是一家上市公司的副总，但他毫不犹豫，为树青来了北京分公司。树青问他，会有什么影响吗？云松说，会有一点吧，老板见不到人，就不大会想起你，但没关系，钱不会少的。一开始他甚至住在树青三十平方米的宿舍里，每天早上打一个半小时车去朝阳公园边上的办公室，晚上再一个半小时回来，后来他们在顺义租了一个小别墅，再后来，连树青也认为这说不过去，她辞职了，他们住到了朝阳公园边上的小区，云松从头到尾没有说过一句话，但到了她辞职的时候，他也没有阻止。云松说，一直租房不大稳定，不如买下他们租的那套房，树青的北京户口于是被找了出来，那套房子上了千万，树青取出自己这几年工作存的六十万，剩下的都是云松出了，后面去办房本，可以约定夫妻份额，云松给自己写了5%。那段时间树青总在半夜醒来，好像要想清楚什么事情。有一天云松出差，她半夜起身，在卧室的八角飘窗上坐了一会儿，朝阳公园的湖面盈盈波光，映出每个人的幻影，树青看到云松的影子投身其中，她终于想到，云松如今多像副厂长啊，他们身上都有那种迫不及待的诚意。云松也说过，树青可以做自己喜欢的事情，但树青能做什么喜欢的事情呢？她总不能开一个造纸厂，她只是买了很多很多那种干法静电复印纸放在家里，她一辈子都用不完这么多纸了，而她的一辈子还长得很。

他们终于一起回了一次自贡，在结婚的第三年春节。他们补办了婚礼，妈妈和副厂长为这件事哭了又哭，副厂长提前半年就四处找高级地方，但树青和云松想也未想，就定了山上那个度假村，顶格消费1688一桌，每桌都有个甲鱼汤。婚礼日期定下来之后，他们喜欢一直一直回忆山上的日子，从认识的第一天开始，事无巨细，好像这样就能给当下提供充分而可靠的证据。树青那时候正在准备司法考试，经济法和民法很难，树青并不是一心要过，就一遍遍看她最喜欢的刑法和刑诉法，有些法条她背得很熟，一开口就能列举出所有的犯罪要件。有一次她无端端想，其实只有定罪的时候，才会需要事实清楚，证据确凿。

婚礼一塌糊涂。云松早早给树青订了一条薇拉王，因为浑身钉满水钻，那条裙子非常贵，但在度假村那个铺着污糟糟红地毯的大厅里出场，也就像山下婚纱影楼里现租的那种。副厂长致辞花了整整四十分钟，后面又喝醉了吐在现场，妈妈起先还绷着面子到处敬酒递烟，但不知道敬到哪一桌，她那根弦突然断了，甲鱼汤还没上，妈妈就不知所踪，把她的 Gucci 老花包留在座位上，面前碗碟干干净净，妈妈连一根莴笋丝也没吃。云松偷偷告诉树青，问要不要去找找，树青想了想说，不用找了，她还能去哪里，就这么大的地方，我们都没有什么地方可去，晚点她自然就回来了。

妈妈一直没有回来。那天冷得不得了，度假村打开了所有的空调，电闸跳过一次，在跳闸的那个瞬间，整座山都黑了下来，黑暗中却还有鼎沸人声。树青那时候正在房间里换敬酒的红旗袍，她裸着身体在严寒中等了一会儿，来电后才又继续穿衣服，那半分多钟像是她在一个全速运转的梦中获得了片刻暂停。黑暗中的那些东西确实是树青多年的梦了，一个家庭，另一个家庭，她和云松的、崭新的家庭，梦是如此合理、正当、令人羡慕，树青想，妈妈就是这样，在一个正当的梦中，无处辩驳。

客人们都走了，婚礼在结束之后原来是这样潦草，地毯脏得要命，服务员们把一盆又一盆的甲鱼汤倒进潲水桶用以喂猪。度假村里有自己的猪场，甲鱼汤腥味扑鼻，猪也不会喜欢，猪也喜欢正常的日子吧，喜欢玉米和剩饭，而不是甲鱼汤。云松和树青坐在大厅门口，他们这才发现自己根本没有地方可去，副厂长没醒，躺在本来为他们准备的蜜月套房里。云松说，不如去找找妈妈，树青同意了，两个人都换了牛仔裤和羽绒服，但谁也不知道去哪里找，云松又说，要不去山上看看，妈妈可能会想上山走走。树青说，这不就是山上了吗。云松说，更上面的山，我们以前经常去的，你记不记得？

树青当然记得，她什么都记得。池塘，泡桐，九叶花椒树。她记得妈妈最恨她往山上走，山上就是农村了，妈妈总这么说，她并没有什么特别的意思，她说这些只是因为人人都这样说，这些话只是水一样顺滑地流出来，妈妈并不是故意让水变成刀，让每个人刺痛。当然现在这些都不再重要，妈妈太喜欢下山之后的云松，她几乎是怕他，话也不怎么敢和他说，只偷偷给他买了一身又一身衣服。树青把那些衣服胡乱扔进衣帽间，曾经困扰他们的一切都变得可笑了，这让树青甚至感到愤怒，然而她的愤怒也是可笑的，在这样美满的结局里，已经容不下愤怒。

十五岁之后，他们再也没有一起上过山。野生花椒树的香味在冬天淡了下来，但也足够指引出通往山顶的那条路。天黑极了，他们在黑暗中准确辨认出了黄桷树和泡桐。树青突然想到，以前云松说，他小时候见过山上有一棵大树，平日里看不出什么特别，但一到冬天，就会满树发出新芽，越冷发得越多，他妈妈说，这叫拗春树，树青一面说，这不可能，一面却找了又找，在隧道内外穿梭，他们一直没有找到，在很多个冬天里徒劳奔波。

天冷极了，树青把手放进云松的口袋，说，后来你找到拗春树没有。云松说，没有，再也没有，但我小时候真的见到过。树青说，这不可能。云松说，是真的，拗春树很高，最上面也发了芽，有一年下雪，顶上发得最多。树青说，自贡哪里下过雪。云松说，下的，山上经常下，晚上的时候。树青说，这个山没有那么高。云松说，我们再走走。

他们继续往山上走，妈妈是不会在这里的，他们都知道。

他们穿过隧道，在废弃的站台上坐了坐，一过了隧道，雪就真的来了，雪在半空中是确凿存在的，树青借着手机电筒看得清清楚楚，但除此之外，雪没有留下任何证据，地上连水迹都没有。树青关上电筒说，穿过县界长长的隧道，便是雪国，夜空下一片白茫茫，火车在信号所前停了下来。云松说，什么？树青说，没什么，我们再走走。云松说，没有什么走的了，到顶了。树青说，还没有到呢，我们再走走。

最后一点路是没有路的，他们在树和树的缝隙中艰难往前，似乎有一些半高的荆棘，又有一些更高的野草，树青感到自己踩到动物的粪便和尸体，踩了不止一次之后，这才真正到顶。山顶是一块小小平地，他们以前也来过，满地当年开山留下的碎石，碎石缝里长出酸浆草和紫色地丁，有一块石头有一米多高，爬上去之后往下看，山下的一切都如此明确，他们在灯火中认出了所有的地方，盐厂红砖楼，盐厂子弟校，他们的高中，树青如今的家，家旁边挨着波光闪烁的旭水河。

云松说，走吧。树青说，等等，你听到没有？云松说，什么？树青说，猫头鹰呀，你听到猫头鹰没有？云松说，哪里有？树青不理他，自顾自打开电筒往四周找。四周黑得不得了，但她确实找到了，确实是猫头鹰，站在一棵高高的树的顶端，猫头鹰在灯光里几乎是白色的，雪洒在它的身上，证据确凿，而那棵树，那棵树发满了新芽，每一朵嫩绿嫩绿的芽尖上，都有一点点雪光，像刚刚开始燃烧的，青色的火。树青说，海德薇，今天海德薇跳舞了吗？云松说，什么？树青说，没什么，我们再走走。云松说，真的没有什么走的了，到顶了。树青说，还没有到呢，我们再走走。

# 死亡证明

# 1 黎幸

我在饭局上听到这个消息，混杂着劝酒声、微信提示和刺身船上干冰氤出的烟云。这是 2017 年年底，大概是二十七号，也许二十八，圣诞和新年之间，一个尴尬的过渡地带。从落地窗望出去，黄昏向黑夜坠落得如此之快，每一个人都被堵死在北京。一开局我已经想走，在心里默默列举了十五分钟理由，最后决定说必须回家上 Gmail。都已经起了身，对面的张文宇突然干了一杯大吟酿："你们知不知道，金融系那个王书，他妈的不见了"。

我又坐下来，想听到更多细节，却并没有更多细节。张文宇随后出包间打了一个漫长的电话，等他再回来，大家都在聊比特币。我一直挨到饭局结束才走，徒劳地等在那里，希望有人再提起王书的名字，但和每一个饭局一样，一个人的名字，只配被提起一次。

饭店挨着工地，好像是想扩建，路旁水泥破了袋，扬起漫天干粉，北京又整整四个月没有下雨。世间种种处境都有其繁复曲折的理由，但我裹着羽绒服站在路边，只觉这个冬天又脏又冷，而且已经没什么回转余地。前方有个工人站在路边抽烟，只穿着一件薄薄棉衣，我看他手一直发抖，试了多次，才成功点燃了那支烟，匆匆吸了两口。

等了十分钟，张文宇终于出来了，拿着手机找他叫的车，我装作也在等车，漫不经心凑过去问他："……那个王书，你说他不见了，是什么意思？"

他上下看我一眼:"怎么?他也欠你钱?"

我犹豫半晌:"怎么?他还欠别人的?"

张文宇冷笑起来:"谁的钱他不欠?你那里有多少?"

我想把这件事含糊过去:"……也不算多,也就一点儿……他到底怎么不见了?"

车到了,是一辆小小北汽,张文宇对司机挥挥手,上车前着着急急对我说:"……找不到人呗,电话打过去关机,微信把我拉黑了……不,他应该把所有人都拉黑了,又没人知道他住在哪里……操,算了,五万块就当给他买药。"

我知道王书住在哪里。去年夏天,我最后一次过去,六号线大悦城出来,又往北走了二十几分钟,一个孤零零的两限房小区。我当年不同意他租在这里,没有公交车,走到地铁太远,楼下只有一个老家肉饼,我们总是分吃一个猪肉大葱饼,肉饼满是油,吃到最后实在恶心。王书不在乎这些,他在乎房子阳台比卧室还大,望出去整片麦田,有时候风把它们吹得很低,但更多时候,麦秆一株一株站在那里。这是怎么回事,谁设计的户型?北京四环边上怎么还会有麦田?这房子跟王书这个人一样,根本就不合理。

我把钥匙送回去,当然我可以用快递,但我终于想起这个借口,最后再去一次。房子里所有家具都是我买的,沙发,茶几,书桌,床,几百本书整整齐齐堆在墙边,王书说,书柜没有意义。我们用茶几吃饭,坐在地板上,王书把书桌放在床尾,这样就可以不用椅子。他不怎么关电脑,有时候半夜醒来,看见电源接口的那点莹莹绿光,我想到我们曾经有一只小猫,浑身雪白,却叫绿子。绿子在一个春天默默失踪,王书说,它跳楼去找男朋友。我非常伤心,在楼下找了三天,回来抱着绿子的蓝色小毯哭,一次又一次,王书却不以为然。绿子去了它想去的地方,他说。

它连伸爪子都不会，很可能会死。

那又怎么样？它可能愿意去死。

我把毯子扔过去，王书你到底怎么回事？

我一直没弄明白这点，王书到底是怎么回事。前前后后我们在一起七年，正式分手就有三四五六次，却根本没几个人知道这件事。

为什么要给别人说？王书非常诧异。

开始我还有点耐心。不是要特意给别人说，但也不要特意不说。

我没有特意不说。

你连阿方都不说。阿方是王书最好的朋友。

阿方知道。

你怎么知道他知道？

我知道。

你还是应该主动说。

为什么？

于是陷入了死循环。七年间我们反复陷入种种死循环，去年夏天，我打算是最后一次。

我一进屋就哭，王书则坐在地上吃一碗饺子，等他吃完，我肿着眼睛，把碗洗了。

他跑到厨房陪我洗碗，窗外有一棵高高石榴，开满树红花，像一场大火，不知道会烧向哪里。每年石榴成熟，王书会爬到树上，一个个从窗户扔进来，到第三年，我已经可以徒手接住每一个石榴。石榴不怎么甜，吃来吃去也让人不耐烦，但他跨腿坐在树桠上扬扬得意的神情，过了很多年我还时时想起。

我把钥匙放在桌上，抽抽噎噎。我走了，你好好照顾自己，少吃点速冻饺子。

王书拿起钥匙，你干吗？

我们分手了，你是不是还不知道？

我知道，你昨天不是说过了，但你还我钥匙干什么？

心上大概有五六七八个洞，我还是忍不住笑起来，王书，你这个人到底是怎么回事？

王书把钥匙扔进我包里，你留着，以后还有用。

能有什么用？王书，你是不是还没搞明白，这次和以前不一样，我真的要跟你分手，我要结婚了，你到底是怎么回事？

王书满脸不耐烦，对着虚空中不知道哪里挥了挥手，我知道，但你把钥匙留着。

我就一直留着那把钥匙，挂在钥匙包里。丈夫有一次看到，咦，这把钥匙是开哪个门？

我以前租的房子。

那还留着干什么？

习惯了，怕扔了会倒霉。

倒什么霉？

不知道，扔了才会知道，我不想知道。

我把钥匙捏在手里，从地铁口一路顶着风走过来，这条路在冬天显得格外冗长，像我怎么写也写不完的剧本，又像一个人无论如何都不甘心，总想艰难地逆水行舟，回到过去。路上也有几辆共享单车，但每次我正犹豫，车就被另一个更着急的人扫码开走，这个城市不知道怎么回事，不再给犹豫留下一点余地。

小区乌漆墨黑，也许去年春天就坏掉的路灯一直没有修好。两限房质量堪忧，第二年地面就成为波浪状，有时候遇上刮风，会看见蓝色垃圾桶起起伏伏，往不确定的方向逃亡。我抱怨半夜开完剧本会回来，还得翻山越岭才能到家。王书说，那不是很好玩？

没什么好玩的，我可能会摔断腿。王书，你到底知不知道？你觉得好玩的事情，根本没人觉得好玩。

王书茫茫然看着我，是吗？但我真的觉得很好玩，走，我们下楼去翻山越岭。

神经病。

但我们真的下了楼，摸黑在起起伏伏的路上走过来，又走过去。小区里有人深夜遛狗，把狗绳放了，那只白色比熊跟着我们来来回回转圈。王书说，你看，连狗都觉得好玩。

我忍不住揍他，你是不是神经病？

进门时我想到这些，自顾自在空荡荡的房间里笑起来。

从玄关看过去，房间还是老样子，沙发，茶几，书桌，床，几百本书整整齐齐靠着墙。等打开顶灯，才看到什么都覆盖厚厚黑灰。麦子在冬天枯萎，秸秆倒伏在田里，麦田挨着一个小村，剩下两排应拆未拆的平房，那些等着拆迁的村民百无聊赖，不过种点玉米和麦子。前两年开始北京不允许烧田蓄肥，村里人有时候会偷偷在天黑尽了之后烧，那噼里哔剥的声音在夜里非常明确，我们醒过来，看见外面漫天火光，像一个反复拖延的黄昏。王书说，真美啊。我却担忧第二天房间会很脏，米色沙发擦来擦去擦不干净。

王书的电脑还开着，我坐在床尾等了好一会儿，它才结束休眠，屏幕惨白，上面一篇文章，一句话打到一半，"……犹太人在 1938 年"，光标停在这里，我不由自主往下滑了一下鼠标，犹太人在 1938 年怎么了？

文档下方空空荡荡，没有一个标点符号。我猛地跳起来打电话："阿方，我是黎幸，我也不知道你是不是记得我……你最近和王书有没有联系过？他肯定出事了。"

我和王书恋爱七年，从头至尾都没搞清楚这个人到底是怎么回事，但我非常确定，不管犹太人在 1938 年发生了什么，王书都会把那句话写完。

## 2  阿方

十一月底，我最后一次和王书联系。他在微信里找我借钱，我以为这肯定是被盗号，没有搭理。过了半个小时，他拨视频过来，和我聊了两分钟。他坐在家里床上，穿一套非常干净的家居服，背后是一套铺得整整齐齐的浅灰色床品。黎幸结婚后，我以为王书会往下掉一掉，但每次见到，他还是精神抖擞，且刮好胡子。王书没有刻意不说起黎幸（我知道他知道我知道他和黎幸的事情，这句话过于复杂，以至于多年里我们甚至没有试图提起这个话题），就像他们在一起的时候，他也不会刻意说起她。

借钱之前的九月，几个大学同学开车去塞罕坝，坝上没什么可看，月亮湖旁满地垃圾，又建了极大极丑的儿童乐园，一个看起来不怎么稳当的海盗船摇过来，又荡过去。我们绕了几圈，已经想索性回去，但导航出了错，带着我们沿一条岔路走到尽头，谁知道看见四面有山，绕着一个小小湖泊，湖边有个破破烂烂的餐厅，卖一千八一只的烤全羊，一只羊烤熟得三四个小时，大家百无聊赖，只好在湖边打德扑。孜然和羊肉混合的香气终于变得确定时，王书已经赢了很多钱，他上大学时就喜欢研究赌博，却几乎不赌，"这不公平，你们又没有专门建过模型"。

他对着那大概五六千块的现金，突然没头没脑说，别让黎幸知道了，她会骂死我。

边上有人问，黎幸是谁？

又有人说，是不是中文系的？有对小酒窝那个？

我以为王书终于要解释这件事，但他只是把钱随便拢一拢，收进包里，起身去看厨师怎么一丝丝剔下羊头肉。王书向来是这样，关于他的设想大抵会落空，他活在这些设想之外的其他地方，有时候和我们有所交集，更多时候，他好像有一套难以计算的运转体系，我们都无法把自己作为一个常量加入进去，我不可以，黎幸也不可以。

那天挂掉视频，我给他转了十万。他问我能借多少，我想了想，如果马上就要，余额宝上只有十万，但如果能多等一周，我有四十万理财到期。

他说，就十万吧，我着急。

王书上一次找我借钱，还是他刚博士毕业，进了北京一所大学，教证券和期货，这学校不知道算三流还是五流，但居然是全国第一个开期货专业的高校，学生里出了一些人物。就在王书跟我说这件事的前几天，期货界有个挺年轻的男人，也就从这学校毕业十年，据说本来已经是颗"新星"，却在股灾中抄错底，又加了太高的杠杆，他选了一个大中午，从国贸三期顶楼跳下去。这种事在我们这个圈子是很多的，我觉得这非常公平，如果有可能获得那种激烈的成功，我随时准备去跳国贸三期。

所以我想不明白王书：你应该像我，真正去搞证券和期货，只是教这些有什么意思？闷死人。

王书说，我觉得挺有意思。

学校不提供宿舍，他在边上找了一个房子，一口气付两年房租。我跟他说，不需要付这么多，北京都是付二押一。

我知道，我自己想一下付了。

为什么？

房东说他缺钱。

房东都这么说，他有房子出租能缺钱？

不是，他真的缺钱。

你怎么知道？

我看得出来。

王书根本看不出来，他屁都看不出来。大学时我比他更早看见黎幸，他却兴致勃勃来问我：阿方，毛概老坐最后一排靠窗那个位置的姑娘你看到没有，是不是有点可爱？

我装作回忆半晌，是蛮可爱的，好像有两个酒窝。

真的？我怎么没注意到。

那你注意到什么？

也没什么，就是觉得可爱。

他一个人坐在那里笑起来，像是凭空看见黎幸的小小酒窝。

两年房租七万块，我问王书银行账号，他却说，你给我拿现金过来吧。

神经病，现在除了买卖毒品，谁还用现金？

房东说想要现金。

他是不是要拿去买毒品？

王书挂了电话，我只好把七万现金装进牛皮文件袋里，去学校找他。那学校远在通州，从朝阳北路通往校门得穿过一条小路，卖烤冷面和铁板鱿鱼的东北人紧紧贴墙摆摊，艰难地留出了两个车道。我刚把车停下来，就有学生过来问价：大悦城多少钱？

在食堂打饭时我对王书说起这事：我还是得换个车，老捷达是不行，天天都有人把我认成黑车司机。

王书打了起码五个菜，盆盆盏盏装满托盘，他吃了一会儿才想到回我：哦，你那个车是捷达啊。

你以为是什么？

不知道，没想过。

过了三年，我终于买了一辆宝马730。这几年我的经济能力其实有一个从日产天籁到帕萨特再到奥迪A6的正常过渡，但不知道怎么回事，我一直开着那辆老捷达，直到我可以买顶配的宝马730。这当中我还是经常被认成黑车司机，但后来我也想通了，经常顺路拉单生意。

提车的第二天，我去帮王书搬家。他刚从学校辞职，在朝阳北路往北租了个房子，那时候黎幸已经和他在一起，但我们都装作没有这件事。他的搬家不过是搬书，我们在楼下买了一卷塑料绳，每二十本一包捆起来。老房子在五楼，又没有电梯，王书习惯了爬楼，总拎着书跑在前面。把书全部搬进车里起码就花了一个半小时，我们就隔着当中的楼梯闲聊，声音断断续续，穿过楼道里层层杂物——破旧自行车、一堆堆大白菜和枯萎的绿萝，那些北京冬天的必然背景。

到底为什么辞职啊？电话里你又不好好说。

也没什么，觉得没意思。

呵，三年前你不是说有意思。

我说的没意思不是你说的没意思。

那你到底什么意思？

教书有意思，学校没意思，要申请课题，还要填很多表。

填呗，人生在世，你见过谁能不填表？

我不想填。

你不想填？谁想？我给你说，你这样是行不通的。

王书应该回了一句什么，但那一下他把我甩得很远，后来我又忘记再问一次。收拾好之后已经是下午五点，后备箱装满了，王书整个人都坐在书里，我则开着一辆崭新宝马，沿着朝阳北路一路往西，像死命追逐那必定要逝去的一点光，却精疲力尽，始终没有追上。到小区门口天已经黑尽，路旁有一家"胖哥烤翅"，店面极小，大家都裹着厚厚羽绒服，坐在门外塑料棚下，大概因为太冷的关系，铝盘里所有东西都显得很香。

王书看了两眼，说，你想不想吃烤羊腰子？

现在我和黎幸就坐在这里，胖哥烤翅门外的塑料棚，她点了整整一铝盆的烧烤，其中有两个羊腰子。这是另一个冬天，我们都裹着厚厚羽绒服，冬天总是相似的，只是一个比一个更糟。黎幸头发长了一些，烫卷后散在羽绒服的帽子上，她还是大学时模样，除了脸上酒窝不再明显。这只是微不足道的变化，但它也说明无人幸免。

黎幸迟疑着想解释一下：我和王书……

我知道。

她松了一口气，王书也这么说。

我们都低头吃了一会儿东西，哆哆嗦嗦拿起烧烤签。不过十分钟时间，烤馒头片凉透了，吃起来簌簌掉粉，而再多辣椒和孜然都已经盖不住羊腰子的膻味。开始我们还想装作若无其事，继续吃半肥半瘦的肉筋和烤柿子椒，但后来我们都意识到，闪躲不是一个办法，从来不是。

我招手把招呼生意的一个小伙子叫过来，麻烦他把所有菜热一下，再给我们一人一瓶热豆奶。

等菜重新上来的时候，我们把刚才在王书家说过的话，又完完整整重说了一遍。

黎幸问：你们平时来往的那几个人都问过了是吧？

都问了，都差不多那个时间，十一月底，王书也都找了他们借钱。

借了多少？

三万五万的吧，就我给了十万。

这一个月你们就没联系过？

不好联系，一联系就像在催他还钱。

他为什么需要借这么多钱？他是不是在赌？

你觉得可能吗？

黎幸把双手贴在脸上，徒劳地想取取暖：不可能，王书怎么会去赌。

家里你都看过了？

都看了。

少什么东西没有？

我根本不知道他有什么东西。

他爸妈那边呢？

我不知道，我没有他爸妈电话，我都不知道他爸妈是不是还活着，你知道？

我也不知道……他会不会是要买房？

这次换她问：你觉得可能吗？

当然不可能，王书怎么会四处借钱买房。

我们又都沉默下来，竭力想问对方另一个未曾被回答的问题，但显然只剩下唯一的、我们像躲避那两个散发异味的羊腰子一样躲避的问题。

王书是不是自杀了？

黎幸没有说话，依然用手捂住脸，眼泪溢出指缝，让她看起来更冷。

热过的菜又上来了，托盘里还有两瓶滚烫豆奶，送菜的是胖哥本人，几年未见，他更胖了，穿一身大袍子，手上绕很多蜜蜡串儿，像一个朝阳区仁波切。

仁波切看见黎幸，突然没头没尾，把她的手拨开，再仔仔细细看了她的脸：你是不是那个神经病的女朋友？怎么好久没来了？

我跳起来：哪个神经病？

就住里头那个呗。他用嘴指指小区。

黎幸发着抖：他怎么了？他是不是跳楼了？

跳个屁啊，他被抓了，怎么，你还不知道？

被抓了？！怎么可能？为什么？

仁波切耸耸肩，指着刚才给我们点餐的小伙子，犯事了呗，我也搞不清楚，小光知道。

# 3　小光

我来北京十年，住了可能三十个地方，现在只记得第一个和第三十个。我也是最近才意识到，如果一个人觉得生活哪里出了错，又不愿意整日思考是不是应该去死，就会自自然然忘记这些生活。

第一个地方在西山脚下，就像我离开威远时，爸妈住的那种房子。四个房间排成一排，一共三个窗户，为了冬天不至于太冷，屋里大部分地方都得开灯，所以只要不是太冷，我们总在屋子外面，这么说起来，又应该多开几扇窗。

现在爸妈倒是重修了房子，十年里重修了三次，大家都这样，存几年钱，修一次房子，一直修到三层高，十几个房间，根本没人住。我春节回家，看到我爸妈带着阿宝住在一楼，二楼和三楼则用于养猪。那猪非常勤快，半夜不睡觉，在头顶蹬脚，蹬了一会儿又开始拱地，如此反复整夜，第二天早上我上楼去看猪，猪睡着了，正在打呼。

我跟我妈说，这样不行，阿宝睡不好。

我妈说，阿宝睡得好得很，就你屁话多。

哪个会在屋头养猪？

养猪咋子？你又不回来，房子空斗干啥子？

那你把房子修恁大干啥子？

不修房子干啥子？大家都修三层楼，你住个平房好意思？你早点修房子婆娘会跑？

我不说话了，望着院子里的石桌石凳，阿宝穿成一个球，在石桌下缓缓滚动。阿宝五岁，他不喜欢我，我回家十天，前面三天他不和我说话，中间三天对着我吐口水，最后一天我要走了，他又坐在地上，呜呜呜哭。

西山的院子更像走廊，种了两棵柿子树。正好是秋天，我个子最高，包工头就让我爬上树去摘柿子，小冯在下面拿一个网兜接着。柿子不甜，但吃下去顶饿，于是大家的早饭都是两个馒头两个柿子，吃完之后坐上一辆破烂中巴，把我们开到山里修水库。小冯在路上问我，喂，你叫什么？

我叫小光。

哦，我是小冯。

我们当然有正式的名字，但一直到那个项目做完，我还是小光，他还是小冯。我们加过QQ，但大家的QQ名都改来改去，加很多星星、符号和心。

水库修了半年，我们铺了个底，后来就停工了，工资结算五个月，一天一百，一共一万五，裹在一张牛皮纸里。拿到钱我很高兴，给涓涓汇了一万三回去。我没有地方花钱，这边包吃包住，我又一直蹭别人的烟，留下这两千块是怕万一生病。

涓涓给我写信：小光，等你再挣点钱，把房子修一下，我们就可以结婚了哦。

我收到信，把剩下两千也汇回去了。我身体好得很，不会生病。

我们都认为能拿五个月的钱很可以，但小冯不满意，小冯说，不行，他妈的混账，凭什么扣我的钱？他找我借了一把水果刀，借的时候小冯看起来蛮开心："小光，我买了个大西瓜，切了给你一块哦。"

但其实没有西瓜。小冯把水果刀裹进报纸，单手提刀，去找包工头要钱。包工头隔着报纸看了看形状，当场答应补这三千块，他让小冯等一下，自己进卧室拿钱。小冯就在外头上手机QQ，包工头一进卧室就把门反锁，压低声音打了110，警察来的时候，小冯还笑嘻嘻坐在凳子上，和网友聊天，旁边是我的水果刀，刀刃刺破报纸，露出也就那么一丁点凶光。那把刀根本不行，涓涓给我寄来腊肉，我切来切去切不动，只好整块煮熟，直接咬着吃。

小冯被关了一个月，我后来听说，他出来也不大好找工作。

小冯脑壳有包，我跟身旁人讲，现在哪个敢用他？

我就一直有人用。有时候是拿不到钱，但大家不都是这样？既然都是这样，我也就不大去细想，毕竟大部分时间，我能每半年给涓涓汇一次钱。我修了一次房子，把房间从四间变为六间。涓涓和我结了婚，有了阿宝。我再修了一次房子，从一层变成两层。涓涓和我离了婚，留下阿宝。

离婚只是一个说法，也没有来得及办手续，涓涓在QQ上给我留言：小光，对不起，我卡里还有三万五，我就带走了，当我的青春损失费，你好好挣钱，以后娶个比我好的老婆。

我一直在好好挣钱，来"胖哥烤翅"之前已经存了十五万，老婆还没有娶到，也又交过几个女朋友，但我毕竟有了经验，不再给她们钱。这样一来，每个女朋友又都谈不久。我跟家里说，再干一年就回去，在县城买个小房子，这样阿宝可以在城里上学。

我妈说，住小房子没得面子。

我不耐烦，觉得他们非常愚昧：住县城总比住村里有面子，你想阿宝以后还当农村人哦？

胖哥请了十五个人，住在边上小区里。一室一厅，八张高低床，大家都想住上铺，房子层高三米，住在上面让人产生幻觉，好像如此这般，就能单独拥有那一点点空气。我本来睡下铺，上铺是负责烤串的毛师傅。城管过来检查，这种事情本来大家都已经非常熟练，他们查完了，笑嘻嘻站在路边，等着吃毛师傅手上的几串麻辣鸡翅。但不知道怎么回事，毛师傅渐渐变了脸色，到最后，他把烧烤签往其中一个城管的脸上砸去，铁签烧得通红，擦着耳朵飞过，当时我正在旁边给一桌买单，清晰闻到焦煳肉味，毛师傅都已经被扑倒在地了。我还在想，糟了，鸡翅煳了我们都要扣钱。

毛师傅关了十五天，胖哥在这期间单方面宣布把他开了，他出来后收拾家当，准备回家，最后住了一晚。我已经搬到上铺，把他的东西堆在下铺，他没说什么，也不洗澡，在那一堆杂物里倒头就睡。半夜我下床撒尿，见他把自己紧紧裹在被子里，像一只巨大蚕蛹，蛹中有隐约声响。黑暗中我听了一会儿，觉得有点尴尬，就又上了床。在上铺不再能听到什么，但我一整夜都感觉床板潮湿，像有水上涌，穿过床板、被子和我，一路抵达头顶，在那些原本属于他的领土之中，慢慢干燥和消散。

我一直憋尿到第二天早上，起身时看见毛师傅已经起了，坐在床沿上喝小米粥，望着窗外的石榴树。从这棵石榴树开花的时候起，我们就总说，等果子熟透了，可以爬出去摘几个。石榴这种东西吃来吃去没什么意思，但我们总说这件事，越说越认真，就好像真有个什么盼望的事情在前头。每天中午去上班总要去树下看看，花开了很久，随后结出青色小果，小果一点点长大，直到进入深秋。

今年冷得晚，过了十一月石榴才彻底熟透，我们怕物业会来阻止，最后决定下半夜再摘。烧烤店两点打烊，等收拾完回去正好三点。门口保安窝在一套业主扔掉的沙发上睡觉，盖一床稀脏棉被，他裹得很紧，我突然想到毛师傅走前的那个晚上，八张高低床环绕四方，黑暗中每张床上的人应该都听到了他的抽泣。

他估计也不好找活路了，我想，和小冯一样，他们真的太冲动了，有孩子的人还是应该有点理智。

想到这里，我掏出手机，看了看屏幕上阿宝的照片。阿宝长得像涓涓，圆鼓鼓一张脸，小尖下巴，晒得黢黑。

以后进了城了应该就没这么黑了，看不出来是农村孩子。我把手机收起来，在夜风中看见未来，房子，阿宝，另外的女人，女人长得很美，就像涓涓。

小区路灯坏了两年，他们打着手电，让我背着一个双肩包，从树下往上爬。手电的光散得太快，到第二个枝桠时我已经看不清了，脚往右边腾空踢了好几次，不敢下脚。我正想下去，对面窗户里忽然打出一束巨大白光，有人站在窗口，大声指挥：别怕，你往右边两点钟方向踩……好，现在是左边九点钟……很好，再往上踩一点，对，站稳！石榴看到没有？你头顶就有三个。

他指挥得很好，到后面我越爬越稳，几乎摸到树顶。就这样，我摘了满满一背包石榴，那白光一直送我下去，凭空替我开出一条本不可能的道路。我这时才看到，窗前是那个总来店里吃羊腰子的年轻男人，手里拿着一个探照灯，光打在密密树枝上，反照出他的脸，兴高采烈，像一个人两手空空，站在舞台中央，对着无人理会的全世界挥手。我记得他，这个总是兴高采烈的男人，有两次羊腰子没烤熟，连我都闻到腥臊，主动说再烤烤，他也就是像今天这样对我挥挥手，说，没事，生点有生点的味道。来北京十年，我从来没有见过谁，像他那样，可以吃下这么腥的羊腰子。他应该可以吃下任何一个羊腰子，并且对此毫无怨言，他应该在任何时候，都可以高高兴兴挥挥手。

我把背包挪到前面，打开后数了数，一共有三十五个。关于这三十五个石榴，我们本来可以有种种安排，所有安排却都终止于那个夜晚的凌晨四点。警车开进小区时，用惨白大灯照出前路，我一时手抖，整包石榴掉落地上，车轮碾过它们，又掠过我们，像我们统统都是虚无。小区没有一盏亮着的灯，那车灯又永远不管身后暗处，但我清晰看到，黑暗中满地破碎石榴，开膛破肚，像血一样红。

## 4  冯自强

那个人进来是半夜，我们都烦这个时间进人，看守所整夜不关灯，一百瓦大灯管直挂头顶，不知道为什么，这让放脸盆和撒尿的声音变得更加不可忍受。也不知道为什么，每个人进来，放下脸盆后都会去撒尿，有些人尿了很久尿不出来，急得在墙边低声抽泣。

灼灼白光，开始谁都睡不着，后来都学会扯出一块布遮眼。里头没有剪刀，要把衣服扯开不容易，新人要是运气好，就能继承一块，这些简易眼罩一代代传下来，像号子里的固定资产。来北京十年，进了五次看守所，这次进来，我发现手上这块布第三次进的时候用过，当时它还是浅灰，现在已经近乎黑。除此之外，朝阳看守所倒还是老样子，蹲坑被大家轮流刷得挺干净，消毒水一股辣味，早饭是两个馒头和小米粥。进来第一天，我熟门熟路，花五十块在值班员那里买了两袋火腿肠和三包榨菜，不过十五天，火腿肠吃完，我也就出去了。这次的值班员长得胖墩墩，光头上刺了半拉凤凰，看起来特别适合坐牢，唯一不大对的是戴一副厚眼镜。里头本不让戴眼镜，怕用玻璃碴杀人，但值班员略等于半个警察，睡觉在最外头，冬天上下都有被子，一人占两个铺位。

那人刚到，自然是睡最里面，挨着我。大通铺上睡了十六个人，理论上每个人都得挨着每个人，但他整晚和我隔着一点距离。习惯了和人紧紧贴着，我一直觉得后背有风，似有人吹气，但整个监室分明都没有任何缝隙可以吹气，我不知道他是怎么做到的，也许他把自己身体的一部分压进墙壁，也许他根本没有身体。

六点起来，他已经刷好牙洗好脸，精神抖擞，坐在他那一点点位置上看书。每个监室里都有几本书，我们507有一本翻烂的《盗墓笔记》，一套《西游记》，一本《卡耐基成功学全书》，他看的那本叫《傻瓜吉姆佩尔》。这本书我记得，三年前我进来，监室里有个大学老师，说是贪污科研经费，报了两次批捕都被检察院退回来，当时已经住了小半年，铺位从最里面一步步挪到最外面，也算混成了值班员。我从没见过这样斯文的值班员，整日不怎么说话，问他买榨菜，他硬塞过来两包，还偷偷给我烟。他就总在看这本书，我是说，傻瓜什么什么这本，这么说起来，那老师和眼前这人，倒是有点像。

早饭果然还是馒头和小米粥。北京几个看守所待下来，通州看守所伙食最好，早饭有肉包子，一周两次红烧肉，房山看守所最差。三十天出来，我一声不响，在门口吃了三个驴肉火烧。

想到驴肉火烧，我觉得馋，而这不过第三天。我叹口气，拿出榨菜，那人看我一眼，又看我一眼。

我把榨菜递给他，他夹了一根：谢谢，请问怎么称呼您？

你叫我小冯就行。

我叫王书，我是说，你叫什么名字。

小冯啊。

不是，我问你的全名。

我看他一眼，又看他一眼，只好说，我叫冯自强。

来北京之后，我一直叫小冯，我其实叫小李也没有关系。当了这么多年小冯，也只有眼前这个人，执意要知道我的全名，从那时候开始，他一直叫我"自强"。

这个名字挺好的，他说。

我觉得他的名字也很好，王书，之前之后我都没有见过什么人，能比他更适合叫这个名字。

除了提审，大家都没有事做，整日坐在巨大床板上聊天。十六个人，互相以罪名相称，非法经营的、肇事逃逸的、吸毒的、组织卖淫的，有一个强奸的，反复强调自己是被女人坑了，不许别人叫他"强奸的"，我们就故意叫得更响，"哟，就许你强奸，还不许我们说了"。强奸的整日黑着脸，他是我们里头唯一可能会被判十年以上重刑的，压力很大，每天研究刑法，律师总来见他，每次见了回来都心情更差，夜里不停起身撒尿。厕所离王书最近，肯定吵得他整夜不能睡，但他对这人最好，我们故意抢他馒头，王书就把自己的那两个分一个给他。

我是"打人的"，王书是"寻衅滋事的"，这几个字比较复杂，大家就叫他"找事儿的"。王书认真辩解，我没有找事儿，是他们找事儿，我没有犯罪，我是无辜的，他们抓错了。大家就都笑，"可不是，谁犯罪了啊，咱们这里头的人谁不无辜啊？"王书也笑。下回叫他"找事儿的"，他又把这些话再说一遍，我觉得他智商不行，应该有点儿傻。

轮流介绍犯罪经过，都比提审时说得仔细，大家都想强奸的不要漏过任何细节，他却扭扭捏捏，一次只说一丁点儿，都三回了，还没有把对方乳罩脱完。王书说，不要问这些，对受害者不好。

吸毒的偷偷问我，唉，这人是不是有点毛病？

我点点头，好像是有点。

我没什么经过。包工头扣我工钱，我就去揍了他一顿。我揍过不少包工头，第一次我拿把刀，后来我空着手去。拿刀是因为还想逼他给钱，现在我也不想要钱，我只是想揍他一顿。那个包工头被我揍得嗷嗷叫，一直说，小冯，你不要这样，你冷静点，110马上就来了，你……你不要这样！

我才不要冷静，110来的时候，我已经揍得他鼻头飙血。警察问，你为什么打人？

他欠我工钱。

那你也应该用法律解决，打人犯法，知不知道？

法律不管我。

大家都笑了，我自己尤其笑得大声。王书没笑，他认认真真，拍拍我的肩，你做得对，就是应该这样。

走私珍稀动物的在一旁起哄，王老师，你自己的事情什么时候交代哦。

也就认识三天，大家都叫他王老师，他看起来的确像个老师，总劝我们读书，连上厕所的时间都给大家一一排好，他甚至为此专门画了一张表。

交通肇事逃逸的也偷偷给我说，这人脑子有点问题。

王书靠在墙上。人人都睡不好觉，困得平地打跌，只有他精神抖擞。看守所每周可以刮两次胡子，公用的电动剃须刀钝得厉害，大家不过胡乱刮两下，王书却把胡茬也刮得干干净净。我没见过这种人，在场谁都没见过，只好都认定他脑子的确有问题，好像这样就能回答所有困惑。

王书放下书：你们知不知道，上个月北京走了好多人。

什么意思？

我住的那个小区，查了好几套公寓，非法群租，人都走了。

你被赶走了？

我没有。

那关你什么事？

十一月底，很冷，走的人也没地方住，我们楼下有个烧烤摊，十几个人，半夜三更，晚上全在我家打地铺，但这也不是个办法。

大家都听糊涂了：到底关你什么事？

王书喝口水：我住的那个小区挺奇怪的，后门出去一百米，有好大一块田，种了水稻，田边上有一排平房，房子里也没住几个人，村民留着那些房子，就是想等着拆迁。

怎么回事？怎么又说到水稻？

我借了一些钱，想把那一排平房都租下来，租个一两年，这样没地方住的人，都可以过来住。

大家显然都惊了，以至于无话可说，只是互相看了看，以表示确认、心照不宣和恍然大悟：这个人，果然脑子是有问题。

过了好一会儿，组织卖淫的才问：然后呢？

王书耸耸肩膀：付了一年租金，我就被抓了，真奇怪，他们怎么知道？我连电话都没有打，谈的时候直接下楼，刚给他们安置好，就上了门，大半夜的，我还在写东西。

看守所每天下午两点放风，二十米见方小院，种了两棵树，一棵几乎死了，一棵白杨有那么一点点残余黄叶。我和王书就蹲在下面，他花五十从看守那里买了一包中南海，给我一支。风刮得很大，顶上有一方蓝天，烟雾上浮，让我觉得一切没那么冷。

我掸开烟灰：王老师，我觉得你被骗了。

他蹲在树下，抬头望天空中一朵形状不确定的云，看起来很高兴，他看起来总是很高兴：什么？

你租的房子，我觉得你被骗了。

被谁骗了？

都有可能，要不就是租房子给你的人，要不就是住进去的人。

他们怎么骗我？

举报呗，你想想，这种事情，要不谁能知道？

王书低下头看我：不可能。

我吸了一口烟：信不信随你，这种事，我见得多了。

他们为了什么？

谁知道。有时候是为了钱。举报有钱，你知道吧？但有时候也不是，他们就是习惯了。

习惯什么？

我把烟头摁在水泥地上：习惯这么干，不这么干好像不对。

你怎么知道？

我不耐烦起来：跟你说了，我见得多了。以前我也找人和我一起去要钱，但他们都去告我，因为这样包工头会给他们钱，也没多少钱，几百块的样子，可能也不是为这几百块，他们就是怕得罪人，你知道吧？他们总是怕得罪人，任何人……后来……后来我就不找了，我直接去揍，这样最简单，你知不知道？

王书抬起头，天上那朵云变成一把刀，直直往下，不知道要戳向那里。那天一直到放风结束，他都没有说话，后面十天倒也和大家坐板上聊天，但更多时候，他就来来回回翻那本书，傻瓜什么什么的那本。他也不再仔仔细细刮胡子，脸看起来和大家一样脏，集资诈骗的跟我说：王老师好像正常了。

我出去的前一天，还是放风，还是蹲在那棵白杨底下，树叶掉了更多，王书捡起一片枯叶，突然没头没脑说：自强，你记不记得住手机号码？

我想了想：不知道，我只记得住我家里的座机。

你帮我一个忙，记一个号码，很好记，13808005200。

我读了两遍：是很好记。

这是我女朋友的手机，你出去就给她打电话，让她去我家，在我电脑里找一个叫"比特币"的文件夹，里面有我的钱包信息，你让她把这些都卖了，替我还钱，桌面上有个文件，里面列了我欠哪些人的钱。

什么是比特币？

你别管，能记住吗？

我又背了一遍号码：记住了，但你不是还有半个月也就出去了，着什么急？

王书把那叶子在地上划过来，又划过去，发出一点微弱的沙沙声，像谁在地底下哭泣。他说：你记得给她说，我爱她。

我难为情起来：你是不是有毛病？这种话我怎么能替你说。

王书没有理我，自顾自笑起来：我女朋友好可爱的，有两个小酒窝。

我在第二天早上七点离开监室，王书没有送我，他靠在墙上，拿着那本书对我挥挥手。我发现他今天又洗了脸，整个人好像再次抖擞起来，远远望过去，我也不知道，他到底现在是不是正常。

在看守所外吃驴肉火烧的时候，我的确提醒过自己打那个电话，但后来我忘了，无论怎么努力，我都无法再想起那个号码。再往后，我也不大记得王书的模样，只有一个模糊光影，上面是监室里的一百瓦灯光。

十二月底的时候，我又找到一份工作，有个饭店想要扩建，我在工地里当泥瓦工。那天下班已经挺晚，我走在路边，想抽支烟再走去公交车站，但天真冷啊，我点来点去点不上，前方有个女孩子，裹着厚厚羽绒服，一直看着我。我没忍住多看了她两眼，挺好看一人，哈着白气，露出两个小酒窝。我在那个时刻突然想起王书，想到他一个人傻乎乎笑起来，说起他的女朋友。他应该前两天就已经出来了，他们现在应该就在一起，王书，和他有两个小酒窝的女朋友。

温榆河

# 1

开始我住在温榆河的尽头，拦河闸和分洪闸之间的某个地点，那地方看起来已经走投无路了，但其实前面就是大运河。那是 2000 年前后，温榆河还没有整治，夏天久不下雨，两岸不断败退，灰白巨石铺成的河床渐渐露出，矿泉水瓶，方便面碗，奥利奥包装袋，破碎的红色毛衣，死掉的狗，单只塑料拖鞋……两场暴雨过去，所有这些飘浮于上，缠绕着密密匝匝的水浮莲。水浮莲有根有蔓，持续繁衍四散，把那些理应被大运河掩盖消化的东西，一直留在了温榆河的尽头，拦河闸和分洪闸之间的某个地点。

左锋来北京艺考，到我家借住了几天。他一路问人，花了三个小时才到通州，到时是下午五点，太阳正沿着温榆河的边缘坠落，我则蹲在门外水泥坝上抽烟。这一带都是四排平房围住一个水泥坝，组成一个个歪歪扭扭的四边形，像强迫症搭出的积木，往一模一样的方向倾斜，我的房间在某一个四边形的西南角。我就是这么对左锋说的，喏，就是那间，西南边边，和我们自贡在中国的位置差不多。左锋点点头，露出了然于胸的表情，晓得，就是七八点钟方向。房间咪咪大，又朝南开了一个咪咪大的窗，夏天整日蒸烤，晚上我在坝子里铺了草席，就睡在上面。以前我去左锋家也这么睡，他家的水泥坝子挨着河边，夜里河水奔腾，徒劳地向前追赶，草席旁晒着黄苞谷和豇豆干。半夜大家都饿了，三姨妈就给我们一人煮一碗面，猪油铺底，撒小半碗猪油渣，三姨妈熬猪油的时候会特意不熬那么干，油渣尚有润润口感。那时候我很喜欢吃猪油面，那时候我很喜欢去三姨妈家，但这些时候都很快过去了，我离开后才知道我对这一切毫不想念。我尽量不在春节回家，这样就不用见到那些人，大舅舅，四姑爹，五姑婆，三姨妈。三姨妈没有孩子，她只是嫁给了左锋的父亲，随后搬去了凤凰乡，他们的水泥坝子就在凤凰山下面。

　　我给左锋煮了一碗辛拉面，让他端到坝子里去吃。屋头味道散不开，我说。他不像我们这些在这里住久了的人，还不习惯蹲着，就坐在水泥坝的槛上吃面。那边有点像凤凰山，他吃完面，指着某个不确定的方向。我不怎么高兴，把面碗泡在公共厨房里，不像，这里是北京，不是凤凰山。

　　天黑得非常迅猛，像有人粗暴地一把拉上窗帘。我打算泡个脚就上床看碟，左锋却说，二哥，你带我去逛一哈嘛。我只好带他来了温榆河。月光在灰色冰面闪烁，冰下仿似有鬼，被困在破碎的毛衣和裂开的矿泉水瓶中间，北京的冬天就是这样，连鬼都施展不开。我们走得离冰很近，腥腥的风从冰面并不存在的缝隙间吹出来，我穿长及脚面的羽绒服，左锋却只有一件灰毛衣和一件黑色仿皮夹克，手上一咕噜一咕噜的冻疮，我们那边的冬天是这样的，人人带着一咕噜一咕噜的冻疮。我并没有问他冷不冷，夜里他睡在地上，铺着我夏天的草席，盖我夏天的薄被和他的皮夹克。风在半夜显得明确，穿过温榆河、栾树林和彩钢屋顶，左锋整夜一动不动，就像这还是在凤凰山下，盛夏的河边，夜风温柔地吹散苞谷，却把豇豆干和猪油面的气味留存到今天。

　　按照我给的公交路线，左锋换乘四次，去了北京广播学院。他要考播音主持，当然没有考上，并不用等到放榜我们就都看到了结果，它甚至比考试更早到来。左锋自然也知道这点，他看不出有何紧张，临走前换上一套灰色西服，外面还是那件仿皮夹克。夹克太紧了，让西服的袖子和肩膀鼓在那里，他弄了一会儿，艰难地把西服袖口从夹克袖口里扯出，这让一切显得更怪了，像一个人竭尽全力挤进另一个身躯，还以为所有人都没有看见。

他回来时已经过了八点，这一带的平房都停了电，我正在用笔记本看《刺激1995》，为了省电把屏幕调得很暗，那片子本就乌漆墨黑，现在更是什么也看不见。左锋摸黑进屋，递给我一袋冻得梆硬的包子，笑嘻嘻说，二哥，我去西站买好票了，明天就走，你陪我再去看一哈那条河嘛。

于是我们又去了温榆河，温榆河就是这个样子了，垃圾，大树，月光，冰，冰中有鬼，鬼和三天前相比也并无任何进展。风反复轰鸣来去，让左锋的皮夹克简直显得滑稽，像谁故意让他出丑，而他自己并未察觉。我缩在羽绒服中，并不觉得冷，只是心里开始厌烦，回去吧，好鸡巴冷哦。左锋却指指前面，二哥，那边是哪里？

我看了看，前面只有风追赶风，在树和树的间隙。但我说，那是大运河。

哪个大运河？隋炀帝造的那个啊？

可能吧，有没有第二个大运河？我也疑惑起来，和他一起往根本看不清的前方看去，无端端说，你知道吧？现在的大运河分为八段，北京到通州叫通惠河，通州到天津叫北运河，天津到临清叫南运河或者卫运河，临清到黄河北岸叫山东北运河，黄河南岸到韩庄叫山东南运河，韩庄到清江叫中运河，清江到六圩叫里运河，镇江到杭州叫江南运河。没错，就是隋炀帝造的那个大运河，喏，就在前面。

我靠，二哥，你怎么记得这个？

我惶恐起来，真的，我怎么记得这个？我只是个刚刚转正的社会新闻记者，每天出入跳楼、车祸和火灾现场，我为什么会知道大运河分八段？

我们都沉默了一会儿，看月光在冰面上移动，探照灯一般寻找鬼的踪影，冰有一点点裂缝，也许是被光劈开。左锋突然说，二哥，有个李贽你知不知道？

哪个？

李贽，一个明朝思想家。

哪个？

今天有道题，明朝主张个性解放、思想自由的思想家是谁？出来后我听旁边有个人说，得选李贽。

你选对了没有？

没有，我选了海瑞。

我也会选海瑞，原来这也有人答对。

那人说，李贽就死在通县，坟都还在这边，他是通县人。二哥，这是不是就是通县？

在国贸拼车回家总有师傅这么说，通县十五通县十五，马上走马上走。但我又不高兴起来，好像那意味着一种否定，我冷冷说，那是以前的叫法，现在叫通州，这是北京的一个区。

李贽的坟到底在哪里哦？

哪个晓得，可能在什么村里。

后来我们回到房间，左锋在草席上躺下了，他还在说，下次吧，下次来北京我一定要去看看李贽的坟。

我想抓紧用剩下的一点点余电把《刺激1995》看完，但电脑并没有撑那么远，只看到那个男人换了崭新皮鞋，走回自己狱室，对着墙上海报发呆。我们应该都躺了下来，我，左锋，电影里穿着新皮鞋的男人，我们都在一个没有窗户的狭窄房间中发呆，不远处有冰面碎裂的声音，水会开始奔腾，从温榆河向大运河而去，最终通往杭州，或者大海。全世界的水都终将汇合，水打破了本就不存在的界限，大家都在黑暗中等待，等待水，和一点别的什么东西到来。

2

小竹说，我们应该去一去西海子公园。我说，为什么？小竹指指窗外，因为就在那边啊，不到两公里，我们应该去看一看。我本来在胡乱翻书，就站起来胡乱看了看那边，发现有个塔，又有个湖，有人在湖上蹬一艘艘黄色鸭子船。真的，我和小竹在这里住了一整年，我第一次知道那里还有个公园。我们坐漫长公交去朝阳公园，倒好几次地铁去颐和园，朝阳公园里有草泥马，颐和园密密匝匝，湖上回廊必须一个人紧紧贴着另一个人才能前行，小竹就紧紧贴着我，用她小小的乳房，晒得滚烫的脸。小竹带我去昆明湖的西边，走了许久才终于走到，坐在石舫面前剥柚子，她把柚子皮撕得干干净净，又把果肉剥出来，递到我手上，我们这才一起吃柚子。已经临近日落了，太阳就在手边，石舫上五彩玻璃变幻光线，我感到一点点失去耐心，小竹则突然说，你知道吗，这石舫以前不是这样。

以前是什么样？

以前是中式的，后来被八国联军烧了，慈禧太后重修的时候就修成了西式，装了玻璃窗。

中式是什么样子？

小竹把散落在地上的柚子皮收拾进塑料袋，又扔进垃圾桶，说，好像是白色的，木头房子，但没有玻璃窗，你想想，故宫也没有玻璃窗。

你怎么知道这些？

小竹有点不好意思，我看了你们报纸，旅游周刊上写的。

我们又转好几次地铁回家，转到八通线时，我忽然想起来，不是八国联军。

小竹有座位，而我站在她面前，她抱着两个人的包，原本在艰难地看书，现在莫名其妙抬起头，什么？

不是八国联军，烧颐和园的是英法联军。

英法联军烧的不是圆明园吗？

一起烧的，都挨着，那时候好像还不叫颐和园。

你怎么知道？

直到下车我也没有想起来，真的，我为什么知道？我又从来不看旅游周刊。

旅游周刊就在我们楼上，据说他们最有钱，旅游周刊，然后是汽车和教育周刊，最差的是美食周刊。有一次接到跳楼爆料，到了才知道爆料人就是我们报社美食周刊记者。他在三里屯SOHO试吃西班牙海鲜饭，忽地听见楼上有几个民工要跳楼，就打了报社热线。我正说过去采访，他把采访本递过来，又给我一支烟，我都采好了，你回去捯饬捯饬就行，哥们儿，给我署个名啊。

他的采访笔记整理出来三千字，详细记录了跳楼民工这几天的饮食，"吃？吃啥子哦吃，回家过年都没得钱，根本吃不下饭，昨天煮了碗面，和了点猪油和豆油，今天一大早就来跳楼了，本来说带两个包子，结果急急慌慌搞忘了"。我发了一千两百字的社会新闻头条，给他署了名，王雨山，听上去倒是更适合在旅游周刊。旅游周刊有钱啊，他说，动不动就去普吉岛和巴黎，不像我们，每天在三里屯吃来吃去，肚子都吃大了，说罢他拍拍并不存在的肚子。报社内调动不那么困难，但他并没有申请去旅游周刊，就像我每天吃楼下7-11的特价盒饭，豆角没有撕筋，茄子烧得稀烂，我自然厌倦了豆角和茄子，却也没有申请去美食周刊。我们都是差不多的人，等待潮水，又惧怕潮水，几番犹豫之后，决定暂时停留在安全之地。

那篇稿子出来后民工们拿到工资，给报社送了一面锦旗，"铁肩担道义，妙手著文章"。报社要求我和王雨山一人拿着锦旗一角，让摄影记者拍了张合影，照片在公告栏里贴了一个月，直到有跑法院的记者收到另一面锦旗，内容没有区别，还是"铁肩担道义，妙手著文章"，那篇稿子署名只有他一个人，照片里他就独自拿着锦旗，锦旗有点高，他只能从一旁探出半边脸，那样子不得不说有点滑稽，但说到底，我们都有点滑稽。

做了三年社会记者，我转到时事新闻部，收入其实是差不多的，我连工位都没有换，大家都在一个完全打通的办公室里，去同一个会议室开选题会，只是不同时间。现在我出入国家部委，在部委食堂里吃五块钱一份的自助餐，我把酸奶拿回报社，递给旁边工位的同事，吃不吃？全国政协的。换部门前我用内部稿库搜了一下，我一共写了 85 次跳楼，2 次跳河，27 次车祸，10 次火灾。不流行跳河，大概因为在这里河总是比较远，河床也低，如果跳得不好，容易撞到石头，那样会死得比较难看。一个想死的人到底会不会在乎难看？我并不知道，我没有想过死，一次都没有。

但我的稿库里死掉了 35 个人，其中跳楼 1 个，跳河 1 个，车祸 5 个，剩下的都死于火灾。到了年底跳楼的人就多起来，都是民工讨薪，都没死，获得承诺后就都下来了，负责组织跳楼的包工头给各报记者一一散烟。一开始民工跳楼能发一个头条，后来变成八百字，再后来是五百字，大家都厌倦了，包括跳楼的人，他们不再好好做随时准备跳的姿态（这样有利于摄影记者拍照），而是沉默地坐在楼顶抽烟，警察也懒洋洋，说，你们下来。他们就都下来，一个接着一个，像大家排队去死，又排队回来。死的两个人我都记得，一个是在朝阳北路的高级公寓，跳楼的人不住这里，半夜跟着人上了二十二楼，然后打开楼道窗户，干净利落跳了下去，掉在二楼空中花园。早上六点清洁工看见尸体，趴在小区健身器材上，清洁工说，一开始我还以为是在锻炼身体，那个姿势嘛，是很像要做伏地挺身。稿子我写了五百字，没能发出来，因为什么也不知道——谁，几点，为什么。后来大概也都知道了，但稿子就一直留在稿库里，人死掉了，稿子也是，只要过去一天，整件事就变得失去价值，不可回转。

还有一个跳了温榆河。那时候我已经从平房搬了出去，住在河对岸的一个回迁房小区，房子只有十年，但看起来完全过时了。不知道怎么回事，在北京十年的东西总是过时得厉害，红砖褪了色，像我在老家总上的那个公共厕所。现在我确实不需要上公共厕所，一居室有厨房和卫生间，房子在顶楼，但下楼开门又是一个水泥坝，四角有树，狗在树下拉屎，狗屎味久久不散，像一种新时代的平房，我又是怎么回事，为什么会永远住在平房？

接到爆料，我出门经过水泥坝，骑上自行车，从铁道桥穿过，两岸密密开满粉色山桃，我穿薄薄风衣，自行车筐里装了罐装咖啡、两个苹果和一包奥利奥，像打算去桃树下野餐。刚走到就看见尸体捞出来，水淋淋倒在一棵开得正盛的桃树下。前几天刚下了两场暴雨，河水漫岸，让平日软趴趴的温榆河也显得凶猛，确实是一个适合跳河的时间。尸体运走后我采访到死者的女朋友，她懵住了，也不知道哭，坐在同一棵桃树下，杂草上水渍未干，她又穿一条黑色半身裙，屁股上湿了一大块。我递给她一包纸巾，觉得不好意思，又递给她一个苹果。她啃了一会儿苹果，突然问我，怎么会这样呢？是不是因为我们没有钱？

我把这句话写到标题里，"温榆河一男子跳河溺亡，女友称因没钱"。稿子发了三百字，过了大半年，那个女朋友变成我的女朋友。采访时我才知道他们就住在我隔壁楼，他们是一楼，卧室窗口正对着狗经常拉屎的那棵树。小竹说，经常一起床拉开窗帘就看见几只狗并排蹲在那里，大大小小，像一个狗的幼儿园，房东也知道那里味道不行，所以房租比同等户型便宜一百块钱。我问小竹，你们到底怎么没钱？小竹说，我也不知道，其实我是有工作的啊，他也是，我们一直交得起房租，吃得也还可以。西门那家必胜客你知道吧？我们每隔两周去吃一次，点蜗牛、鸡翅、披萨和牛排，每次都吃三百多。咦，到底怎么回事？为什么我们还是总觉得没钱？

我完全知道小竹在说什么，但从那以后，我们没有再谈到过钱，我和小竹是要分手的，迟或者早，结局一清二楚就在前面。小竹是湖北农村人，到底哪个村我从来没有问过，她含含糊糊说，他们那里种了很多藕。湖北人，都喜欢藕，小竹总在用排骨炖藕，一年四季。我很喜欢排骨炖藕，尤其泡上米饭，配半包榨菜。但我不能找个农村人，生活已经太重了，这句话像在漆黑背景中闪烁，提醒我扔掉一点什么，以方便起飞，往不知道哪里。那时候我正在跑发改委和国资委，"资产重组""产能优化""轻装上阵"，我稿子里总写这些，我对这些词语有一种狂热的迷信。和小竹分手大概就是这么个过程，在一场资产重组中，我对生活进行优化，以便轻装上阵。也许她对我也是这样，起码我希望如此。

分手前我们去过一次西海子公园。天非常热，我们在烈日下走了两公里，小竹打一把伞，我则走在后面。公园也没什么看头，我们沿着湖慢慢走，尽可能找有树荫的地方，湖里有人在这样的天气下坚持划船，他们看起来有一种奇异的快乐，好像在零下三十度决定接一次吻，也不畏惧舌头粘住的风险，但我和小竹提也没有提到这件事，我们只是安安全全地走了半圈。快走到最里头，看见前方有个古里古气的墓碑，我说，回去吧，我还有个稿子要写。小竹则坚持要去看一看。我在原地抽了一支烟，她回来时摇摇头，不认识，一个叫李卓吾的人，明朝的，回去我查一查。

我们原地折返出大门，小竹还是打伞走前面，但她突然停下，等我走上去，说，刚才我们不该那么走。

什么？

我们不该那么走，我们该往前走，绕一圈再出来，反正路程是一样的。

前面也一样，我们在湖这边都能看到，前面没什么东西。

不一样的，那样我们就走完了整个公园。

小竹搬出去那天，她早早起床，把最后一点东西收拾进箱子，然后洗了个苹果，坐在窗前等搬家公司的车。啃着啃着她想起来什么，说，那个墓碑是李贽的。

什么？

她指指窗外的西海子公园。上次我们见到的那个墓碑，李贽的，我后来搜了，原来李卓吾就是李贽，李贽你记不记得？中学好像学过，一个明朝的人……以后吧，以后我要再去看一看。

我恍惚记得一点，又什么都忘记了，记忆在二十五岁以后变得着急，总自顾自覆盖掉那些对前行并无用处的东西，好像怕它们占据内存，影响效率。是的，效率，现在我脑子里永远回旋这个词，像一种铁板钉钉的规章制度，而我对规章制度有一种不假思索的顺从，好像它们渗进了骨血。

搬家师傅们把东西搬走后，我也洗了一个苹果。苹果非常甜，小竹总有这些本事，花一点点钱，买到很甜的苹果，新鲜的排骨，她连十块钱六个的玉米都挑得比别人好些。但这些事终究是不重要的，和效率没有什么关系，它们太微小了，像海浪滔天，你却只拿着一块木板。苹果贵一点就会更甜，玉米十块钱三个就不用太挑，我这样想，就会觉得一切都更为合理。

苹果还没有吃完，我已经完全说服了自己。我把苹果核扔出窗外，西海子在右手，而温榆河在左边，北京短暂热烈的夏天已经过去了，湖上划船的人显得从容，而温榆河的水涨了又退，层层叠叠的垃圾被冲刷上岸，收垃圾的人半个月会去一次，那样大概有半天时间，岸边空空荡荡，只有芦苇、桃树和杂色野菊花。桃树结了硬硬小果，被虫子咬出一个个小洞，小竹摘下来咬一口，说，桃子有点酸，你别吃了，我摘点回去熬桃子酱。岸边还有酢浆草，我脚背上长了湿疹，小竹下班时绕去温榆河摘酢浆草，捣烂了敷在疹子上面，开始奇痒，后来渐渐感到清凉。

你哪里学的？

书上看的。小竹洗去手上碧绿草糊，我家以前有本书，《江西民间草药》。

但你不是湖北人吗？

是啊，我也不知道为什么，到底怎么回事，我家为什么会有《江西民间草药》，我家明明只有好多《知音》。

我也不知道为什么，这些毫无用处的记忆久久不被覆盖清洗，像一场大屠杀中莫名其妙的幸存者，又像温榆河边一蓬蓬的酢浆草，不肯臣服于重组、优化，或者效率。

小竹离开后，我很久没有再去过温榆河，如果坐在窗边吃饭，我会习惯对着西海子公园那边，那里看起来更符合这一套秩序，孩子，狗，孩子牵着狗在铺好的石砖地上奔跑，前面不远就是围墙，让后面的人觉得一切都没有失去控制。温榆河则完全不可控制，垃圾有时候上岸有时候漂浮，水浮莲有时候茂盛到占领整个水面，有时候则完全枯萎，盛夏有人跳河，隆冬时也有人踩碎冰面死去，一切都像水一样随机，但这些都不重要了，关于温榆河的所有记忆，都只是废品，不值得留存和提起。

3

我并不需要人来机场接我，我们可以坐大巴，或者包一辆滴滴，从双流机场包车回自贡只需要四百块，开发票后我就可以报销，这根本不是什么问题。但左锋坚持要来,他在亲戚群里听说我要带付霜回家过年的消息,就一次又一次表示,二哥,你哪天的飞机?我开车来接你和嫂子哈,千万要跟我客气噻。

我只能不客气,发过去自己的航班信息。飞机上我告诉付霜,我表弟说开车来接我们。

哪个表弟?怎么没听你说过?

没有血缘关系,我姨妈的丈夫和前妻生的。

哪个姨妈?怎么没听你说过?

三姨妈,和农村人结婚那个……不重要了,我睡一会儿。我戴上眼罩,收起桌板,又艰难地把座椅往后调了四十五度。这两年我胖了三十斤,让经济舱座位显得更窄。以前公司财务制度没有那么严格,我回家的公务舱也能走报销,但今年下半年开始"严格控制成本支出,全面落实降本增效",我于是又回到经济舱。

飞机上我只睡了二十分钟,后排的人要吃饭,空姐就把我推醒,又替我调直座椅靠背,她做得非常礼貌,但当中也有显而易见的耐心丧失。付霜对此一无所知,她体重只有80斤,缩在经济舱里仍显空荡,她又始终戴着耳机看 iPad 里下好的美剧。不管在哪里,付霜总有办法让自己戴着耳机,这让接下来两个小时我有一股不知所以又无处发作的怒气。现在我总有怒气,公司开会,路上开车,回家看电视,出门坐飞机,随时随地,怒气像在我周围形成了一个隐形结界,既牢不可破,又毫无痕迹。"结界"是我从一部玄幻小说里学到的词语,不知道怎么回事,这两年我忙到坐在马桶上都在微信群开会,却用手机看完了好几部上千万字的玄幻小说。有时候作者突然断更,我会怒不可遏,跟着大家在连载下面骂长长脏话,仿佛除了这件事,再没有什么让我伤心。

一进行李大厅就看见左锋,他神经兮兮,手里举着一块不知道哪个方便面纸箱上剪下的纸板,上面用圆珠笔歪歪斜斜写着"方铭知","铭"

划了好几次，大概是写的时候多次失去信心，最后那个字变成糊里糊涂一个黑斑。左锋穿一身西服，头发整整齐齐三七分，看起来确实像个接机人员。我出差开会，对方如果安排了司机，一般就是这个样子，但他们的西服要好一点。西服这件事是一眼即知的，起码在我这里是如此。

左锋远远就看见我，兴奋地甩动纸板，二哥，二哥。

我感到尴尬，走上去一把抢下纸板，脑壳有包啊你。

左锋嘻嘻笑起来，二哥，你咋胖了恁多，还好我之前看了你朋友圈。

我再次感受到结界，左锋却浑然不知，笑嘻嘻拿过我的行李，又看着付霜笑，噢哟，嫂子长得好乖。

付霜也笑嘻嘻，方铭知，你表弟好可爱。她和我一样清晨六点起床，飞机上一分钟没有睡过，下飞机前才胡乱洗了个脸，但左锋说得没错，付霜一笑就露出不整齐的牙齿，头发油乎乎乱糟糟束成发髻，口红吃得七七八八，只嘴角有一点鲜红残渍，但她看起来真乖啊，连袖子上粘了饭粒的灰色毛衣也乖极了，像一个迷迷瞪瞪的小朋友，不用花什么心思，已经受尽宠爱。我多年没有用过"乖"这个词了，哪怕下意识里。和大部分男人一样，我使用漂亮、性感以及风骚，但这些都不适合付霜，一回到四川，付霜才拥有了合适的形容词。

左锋的车是一部长安铃木，果绿色，我见到就想转头去坐大巴，但付霜笑嘻嘻坐上去，说，哎呀这个车好可爱，还是SUV呢。

左锋得意扬扬，北斗星，顶配五万七，还有八千多的汽车下乡优惠，全部办下来不到六万。

付霜真心真意赞美，哇，那真好。

付霜不会开车，我则开一辆华晨宝马3，这个价位本来可以开一辆很好的日产或者大众，但我抵抗不了宝马，哪怕只是3。结婚后我们去过一次欧洲，没有明说是度蜜月，但其实就是那个意思，我觉得可以的话就去去巴黎，但付霜一定要去法兰克福和柏林，法兰克福冷得要命，柏林满街都是红红蓝蓝的宝马 1。好可爱啊，付霜说，像不像格林童话里的场景？真是见了鬼，格林童话里怎么会有汽车，但她从来没有谈论过我的宝马 3，好像黑色的车在北京完全不值一提。

我们都坐在后面，六万块的 SUV，后座就像一个经济舱，又窄又矮，座位上铺着冰凉的仿皮垫子，付霜什么都没有感觉到，还是舒舒服服继续看美剧，我就只能把腿缩在驾驶座下面的那一点点空间里。左锋的车开得不错，顶配的北斗星居然也只有手动挡，他熟练地换挡和踩离合器，一套动作行云流水，又一边开车一边啃苹果，他可能以为自己这样会比较像 007。

窗外间或有小小池塘，又有连绵竹林，池塘中大概都养了鱼，有人在岸边放下鱼竿，却只是一直刷手机。竹林并不苍翠，也没有枯萎，是一种闷头闷脑的绿。久未下雨，叶上蒙灰，我多年没有在春节回家，已经忘记了四川的冬天到处都是这种蒙灰的绿色，像谁在错误的季节错误的地点，持续不开心。

我就是这样，持续不开心，一句话都不想说，希望自己真的只是花四百块打了一部滴滴，但左锋显然不这么想，车开到龙泉山隧道，我已经知道他在湖北做包工头，又在自贡市区买了房，把他爸和三姨妈都接到城里。三姨妈嫁去农村这件事一直是家里的禁忌，过年过节大家都不好意思提起，谁都没有想到，左锋现在买了家里最大的一套房子。

那个小区我也看过，靠着一个巨大的人工湖，我妈说，算了，这里也不好买菜。我没有多说什么，那笔钱放进首付，可以让我买一个稍好一些的小区，有电梯，靠着河。

二哥，你现在还住那里吗？

哪里？

我住过那里啊，门口有个水泥坝子。

怎么可能，那是个平房。

那地方挺好的，不是还有条河。

我们现在的房子也在河边。

还是那条吗？

我顿了顿，确实还是那条。我搬出通州，在朝阳买了房子，"北京绿肺，无敌水景"，开发商的广告上这么说。刚和付霜在一起，她第一次来我家过夜，到的时候天已经黑尽了，我们又一进门就拉上窗帘，半夜大风，吹出浩荡水声，付霜推醒我，那是什么？

我觉得很烦，假装没有醒，翻身又睡了，那水声呼啸整夜，我知道窗外就是河，但在付霜提醒我之前，我却从未意识到它真正存在。早上付霜拉开窗帘，她兴奋地说，哇，原来有条河，方铭知，我们应该去看一看。

为什么？

什么为什么？河就在那里啊，走，我们去看一看。

我很喜欢付霜，却不大明白她怎么会喜欢我，于是我只能和她一起去看一看。

确实很近，出小区之后再走过马路就是河边。天不冷，但风非常大，付霜穿一条花里胡哨的连衣裙，这种裙子其实只是一块整布，用两根带子裹起来，昨晚我解开的时候想，这倒是很方便。现在我才发现，这条裙子非常美，风吹过时紧紧裹住付霜薄薄身体，又又一路往上开到大腿，在经过昨晚之后，我知道付霜瘦而有肉，尤其是大腿，我感到自己的身体出现变化，希望能让付霜早点回家。十一点我要出门去机场，如果现在回家，我们还有一个小时的时间，这个时间刚好够我们从容地做一次，我再洗个澡。

但付霜突然说，温榆河。

风让她的声音往四下散去，我认为自己没有听清，什么？

付霜指指前方，这条河原来叫温榆河。

什么？

付霜又指了指，温榆河啊，就在你家边上你不知道？

我这才看见河边有个大牌子，"温榆河生态走廊朝阳段"，下面是工程承建单位，还有一张地图，我看见温榆河一路往下，走向尽头，那附近我很熟悉，因为我住了整整七年，从一个房子到另一个房子，像被谁画了个圈，一切都要在那个圈里发生。

车速大概过了120，经过弯道时轻微地往上飘。我对左锋说，是啊，还是那条，不过是在中游，那里就属于朝阳，而且现在整条河整治过，干净多了。

朝阳是哪里？我去过没有？

去过，就是你考试那里。

付霜把耳机摘下来，考试？你还来过北京考试？

左锋得意扬扬，是啊，我当时想考北广。

啊，我就是北广的啊，不过我们那时候已经叫传媒大学……你当时想考什么？

左锋兴奋起来，播音主持啊，我一直想当主持。

哎呀那真好，你特别适合。

真的啊嫂子？你真的这么觉得啊？

付霜真心真意，真的啊，你看你穿西装多合适，方铭知，你说是不是？

哎呀二哥，你哪里找到的嫂子啊？咋子恁乖？

我没有说话，他们也不是真的需要我说什么。付霜脱了鞋，盘腿坐在上面，她的脚穿35码还有点大，冬天也不穿袜子，胖胖脚趾，一个个分开，鲜红指甲油和口红一样，掉了七七八八，留下点点红斑。我曾经非常迷恋付霜的脚，晚上得摸好一会儿才能入睡，但现在我只觉得吵而心烦，又在这种吵而心烦中睡了过去。迷迷糊糊中，我听见付霜哈哈大笑，她就是这样一个人，电梯里遇到熟悉的送快递小哥，也能哈哈大笑聊上好一会儿。付霜认识所有人，楼下保安，物业一个喜欢喂流浪猫的小伙子，顺丰小哥，京东小哥，小区收废品的胖子，每一个扒垃圾箱的阿姨，她对每一个人哈哈大笑。而我每天从车库出门，又从车库回家，我只知道左边停了一辆卡宴，这让我一度想换个车位，直到右边又来了一辆旧款日产骐达。

车一停我就醒了，懵了两分钟才知道我们堵在路上，正好是一个弯道，前面的车在坡上密密蜿蜒，起码两公里，就这样，我还是一眼看到前方一公里处有一辆蓝色宾利慕尚。大家都下了车，我也只好下去，问靠在门前抽烟的左锋，怎么了？

谁知道，车祸吧……要烟吗？

我摇摇头，我三年前就戒了烟，过程不怎么痛苦，烟瘾一来我就吃糖，我就是这样胖了起来，所以现在我又正在减肥。付霜却把那支蓝色娇子接了过去，我要，妈呀好困，早知道我在机场买杯美式，昨晚就睡了四个小时，方铭知，你以后能不能不要买这么早的飞机？

我只能蹲在应急道上，看他们抽烟。这大概是资阳和自贡之间的某个地点，服务区还有五公里，不远处有条河，河面曲折有光，车开了这么久，我根本没有留意到有条河，既不知道从哪里开始，也不知道去向哪里，除此之外就是叫不出名字的树林，树林间偶尔有两间平房，墙壁外镶满瓷砖，像在这无人之地，却修了上好的公共卫生间。天色阴沉，偶尔又有几分钟太阳，像拿不准是要给我们哪种心情。四川的冬天就是这样了，但我也不喜欢北京的冬天，我半悬空中，想象一个并不存在的四季。

等了二十分钟，我焦躁起来，怎么回事，怎么一点都没动？

左锋欢快地说，堵死了吧，过年就这样，去年我还没车，在大巴上堵了八个小时。

什么？八个小时，那怎么行？！

那有什么办法？二哥，我带了卤兔脑壳儿，你吃不吃？我妈专门卤的，说你小时候最爱吃，让你路上啃着耍。

我小时候的确爱吃这些，兔脑壳，鸭翅，鸡爪子，那些无用而空耗时间的东西，吃再多也不可能饱。有一段时间，我还喜欢一根根把筒骨敲开，舀里面的骨髓吃，骨髓软而无形，吃七八根还是略等于没有，嘴里留下一点点脂肪的滑腻口感。现在我早就不一样了，我不再想啃兔脑壳，又麻烦又塞牙，也无法忍受在路上等待八个小时。

但我的确毫无办法，天无可奈何地暗下去，前面的人在路边开始斗地主和炸金花，左锋和付霜啃了一饭盒兔脑壳，又开始吃装在塑料袋里的口水鸡和牙签牛肉，口水鸡大概很辣，他们嘴唇肿起来，唏唏嘘嘘喝后备厢的冰可乐，一个六万块的车，左锋居然在后备厢里装了车载冰箱，放着可乐、葡萄和口水鸡。

李记凉菜买的，二哥，你记不记得李记。

我记得李记，我家门口就有一家，小时候左锋来家里玩，我们会暗暗盼望父母买李记的口水鸡和凉拌鹅肠。但现在什么时候了，前方有月亮升起，直直照向下面这些不可理喻的人群，在一动不动堵了两个小时之后，他们为什么还能惦记口水鸡？

我只喝常温矿泉水，喝完一瓶又喝一瓶，大冬天，谁要喝车载冰箱里的东西？月亮升起更高了，路灯亮起后就看不见任何一颗星星。

断断续续有人走去河边，男人在一边，女人在另一边，中间隔着灰绿竹林，我忍了又忍，终于说，我得去一下那边。

左锋刚用矿泉水洗了手，口水鸡里放了大量蒜泥，那味道像是永远不可能散去，他下意识闻了闻手指，说，二哥，我跟你一起去。付霜则打了个哈欠，你们去吧，车钥匙给我，我进去睡一会儿，唉，你说我们今晚会不会就睡在这里？她兴致勃勃，像我们是要在这里野营。

水边有几个人，一边撒尿一边聊天，月亮正好投向这个位置，像特意为他们打上探照灯。我无法在探照灯下完成这件事，就找了又找，终于找到一个地方，三株竹子隔出两个位置，我和左锋一人一个。

那位置对着闪烁河面，有大鱼在水下游动的影子，我们都憋得太久了，一开始都不顺利，等待的时间里左锋突然说，这和我住的地方挺像的。

什么？

左锋大概腾出手来往前指了指，就是这里，挺像的，也是两边都是竹林，河里也有好多鱼。

你现在住在河边？

我现在住在船上啊，刚才车上你没听我说。

可能我睡着了，只听到你做包工头。

左锋并不介意再说一次，我现在在湖北做水坝项目啊，好几年了。

挺挣钱的吧？

还行，一年几十万，如果不欠钱的话，欠钱就不好说。

那一般欠不欠？

不好说，没有个定数，他们都说这得看命。

你命怎么样？

我觉得还可以。

我们都撒完了，却似乎都不想走，路上车灯蜿蜒数公里，拎着热水瓶卖方便面的村民不知从哪里冒了出来，远远听到叫卖声，康师傅，康师傅，二十一碗包热水，二十一碗包热水，二十五加卤蛋，三十加蛋加肠。付霜说得对，也许我们真的今晚要住在这里，两个小时前我会觉得这不可思议，但现在我平静下来，开始思考副驾驶的位置能不能彻底放倒，如果可以，那就等于我去了一趟纽约而坐在头等舱，这么一换算，又会感到平静，我开始憧憬三十块钱的康师傅，加蛋加肠。

左锋自顾自往下说，住船上挺好的，夏天特别凉快，冬天是冷一点，但我们可以生炉子。

吃饭方便吗？

他来了精神，方便，特别方便，河里就有鱼，我请了个人，一开始天天吃鱼，后来工人们说吃鱼没力气，就只能买肉，你知道的，肉贵一些，一盆回锅肉十个人吃，起码三斤三线肉，大家都爱吃肥肉，但肥肉熬出油就那么一点点。

我不知道，我一直以为鱼比较贵，但我也没什么话接上去，想了一会儿只能问，你要朋友没有？

他有点不好意思，肯定耍过噻，但后来都没成。

为什么？

一般都是我不想要了，没意思。有一个我觉得有意思的，人家不想干。

为什么？

她说一直住船上没意思，也是，是有点闷，又没有电视。

她长得怎么样？

还可以吧，眼睛挺大的，但有点黑，农村人嘛，都有点黑，但她比我强，读过大专。

我们沉默下来，看对岸平房里的灯光，遥遥看去像另一个月亮，不知道那里有没有电视。

左锋突然想起什么，对了，那个坟你去看过没有？

什么坟？

李贽的啊，你忘记了？我考试考过的那个明朝人啊，他的坟就在你们通州。

我应当想起什么，但我想了半晌，又迅速放弃，我现在习惯于什么都迅速放弃。我只说，我现在不住在通州了，我住在朝阳。

真可惜，我后来还看过一本写到他的书。

什么书？没想到，你还看书啊？

左锋有点不好意思，就我那个前女友，她不是学历史的吗？他们老师开的必读书，她也不看，扔在船上，打湿了一大半，她说，学了也没用，根本找不到工作。但我觉得不能这么说，二哥，你说是不是？

我根本不关心他的前女友，无端端的，我对一个明朝人感到好奇，书里说什么？

也没什么，不是专门写他，就是有一章，原来他是在监狱里自杀死的，用一把剃刀割了喉。

为什么？

谁知道，我也看不懂，提到好多人，我也不认识，好像是说他觉得不自由。

不是废话吗，坐牢怎么会自由？

好像也不是这个意思，不是这种不自由。

那是哪种？

我也说不清楚。

那监狱里怎么会有剃刀？

说是他假装要剃头，趁人不注意割的喉，一开始没死掉，一直流血，两天后才断气。

水上忽地有风，带着腾腾水气吹过竹林，竹叶顺风颤抖，像有谁凄厉哭泣。我打了个冷战，回去吧，那边车好像开始动了。

一路上我们都没有说话，快到高速公路时，左锋自言自语，什么时候我能再去北京就好了，我就能找到那个坟。二哥，那条河叫什么来着。

我觉得喉咙不舒服，像凭空中我也吃多了口水鸡，愣了一会儿我才听见他的话，什么？

那条河，我们去过的那条，河水冻成一块冰。

哦，那条河，那是温榆河。

那条河有名吗？

没有吧，没什么人知道，但它前面就是大运河。

车流的确开始移动，所有人都上了车，留下满地垃圾，没有卖完康师傅方便面的村民站在栏杆之外，等待下一场车祸的来临。车刚开始走得很慢，后来就全速前进，一切都太快了，连月亮都被抛诸脑后，我不知道沿途河流在哪里拐弯，又从哪里终止。

## 4

原来我还记得小竹，这让我心惊。原来记忆并没有完全顺服，那些你以为理应被删除覆盖的东西，只是另有存储之地。

春天，北京满城白絮，小区里没有杨树，但所有的花都开了，每天从车库走到大门，我不得不面对粉色玉兰、白色杏花和蓬蓬黄色迎春，我戴着口罩，永远关窗，以躲避花粉的侵袭。但我没有花粉过敏，我只是讨厌这一系列东西，春天，花，阳光，在阳光下露出如释重负表情的人们，那种轻松让我不安，为什么他们可以？我习惯了北京的冬天，沉沉雾霾，刺骨寒冷，刮风的时候才有蓝天，但那时候又会极冷，于是大家都不出去，大家都坐在落地窗前，和我一样，踟蹰不前，假装在享受蓝天、咖啡和暖气。

我在睡前刷了一会儿陌陌，送出去一两千块礼品。陌陌这种地方是很奇怪的，你上来时满怀性欲，却又很快失去性欲，这中间并没有确切发生什么，只是确切走向了与设想不同的结局。我在即将失去性欲时看到小竹，正抱着一海碗面条直播吃面，大概面吃多了上火，她化了浓妆，又用了几层滤镜，还是能清楚看见额头密密小包，整整齐齐一字排开，像特意点出的红痣。妆实在太浓了，像一张脸上叠加了另一张脸，我本来是不可能认出她的，但她也没起个艺名，就那么直不棱登一个身份证名字挂在上面，"徐小竹"。

徐小竹的直播厅不怎么热闹，别的主播都知道吆喝老板送礼，她不过随便敷衍两句，然后就是闷头吃面，我看她吃了一小半了，才有人稀稀拉拉送了几根棒棒糖和几对萌猫耳。那碗面看起来不大好吃，又咸又辣，小竹确实喜欢这些又咸又辣的东西，她每天早上给自己搞一碗热干面，一半面条一半榨菜丁，小竹连芝麻酱都比别人调得咸，还要再放两大勺辣椒油。北京不适合吃这么辣的东西，所以她额头上总长包，一长包就想用粉拼命盖住，就像眼前的女主播徐小竹。

我送了一个游艇，又送了两架私人飞机。小竹那碗面吃到最后，果然全是沉底的榨菜丁，她在镜头前消失了一会儿，拿了一瓶可乐回来，可乐一打开噗噗外涌，这才发现我送的礼，小竹连忙擦擦嘴，说，谢谢这位老板，老板新来的哦，老板哪里人哦，要不要小竹给老板唱个歌。她明明是湖北人，不知道怎么变成一口东北腔，好像随时随地要叫我"大哥"。这是我和小竹之间的笑话，以前做爱的时候我们会故意说东北话，她说，大哥求求你轻一点儿，我说，大姐麻烦你动一动。

我当时就下了线，没有听她唱歌。后来一段时间我给另一个主播送了上万块的礼，主播给我唱歌，飞吻，镜头前比心，就是我熟悉的那一套程序，私聊时她几次暗示我可以线下见面，但我糊弄了过去，那有点麻烦，也没有什么惊喜，我现在对一切麻烦的事情，都只是糊弄过去。

到了五月，我去东京出差，住在西新宿那家希尔顿。那地方说是市中心，到新宿站却要坐五分钟酒店摆渡车，附近都是办公区，没有一个居酒屋，我懒得坐车，半夜又想喝酒，就去负一楼的便利店里买了一些东西，便利店有我需要的一切，卤猪舌，卤肘子，煎饺，毛豆，草莓，朝日啤酒，便宜的梅酒，葡萄形状的冰激凌，咬开里面是冻成冰沙的葡萄汁。一个男人买这些有点不合情理，但这是付霜以前买过的东西，我们来过几次东京，她总住这家希尔顿，半夜买回来这些。我无法在这种事情上付诸思考，在付霜离开后，我依然住同一家酒店，买一模一样的东西，在一模一样的时间里喝酒、剥毛豆、咬开冰激凌。

啤酒喝完了，梅酒还剩下一小半，我打开陌陌，进入徐小竹的直播间，不过五月，她已经穿着真丝背心和牛仔短裤，正在直播包馄饨，背心没有打底，隐约看见乳头，但小竹就是这样，她一直不穿内衣。我看了一会儿直播，馄饨馅儿是雪菜五花肉笋丁，小竹以前总包这种馄饨，一包上百个，十个一包分装在小食品袋里冻起来，每天早上给我煮一包。她包的馄饨不过是装上馅儿后把四边胡乱捏起来，像一条条小金鱼，馅儿装得过多，煮一锅起码有两三个会破掉，我就满锅里拣出笋丁和肉丁，我对她说，你还不如直接煮馅儿，这馅儿倒是好吃。

所有人都没什么变化，小竹还是包一模一样的金鱼馄饨，包完了她又把手机拿去灶台面前直播煮馄饨，煮完了捞起来，还是一锅散掉的馅儿。她默默吃馄饨，馄饨比面条受欢迎一些，可能因为包的过程多少有点技术含量，好几个人送了熊仔奖杯，她快吃完了，终于有个人送了游艇。小竹看到游艇，停下来愣了愣，赶紧给那个老板飞吻比心，她做这些非常认真，但因为认真，更显笨拙和滑稽。

我也送了个游艇，说，你还不如直接煮馅儿，这馅儿倒是好吃。

小竹又停下愣了愣，没有说话，继续把那碗馄饨吃完，连汤里的笋丁肉丁也一一捞起。那次直播她收获还可以，她看起来却也不怎么高兴，平时直播结束前她会敷衍地跳一会儿舞，伸胳膊抖腿，往下低腰露出乳沟，盲目甩头，但那天她喝完馄饨汤就下了线。我喝完最后的梅酒，把草莓洗干净，就着卤猪舌把草莓吃完，耐心等待小竹和我联系。她在半个小时后和我联系，私聊说，是你啊。我说，是啊，是我，你包的馄饨还是那样啊，跟金鱼似的。

就这样，我和小竹在分手七年后，重新建立了联系。小竹三十一岁，处在一个做主播已经尴尬的年龄。我三十八，因为上一个公司莫名其妙去纳斯达克上市，辞职后我卖掉手上的股份，又卖了房子，凑了一笔钱付首付，买了一栋联排别墅。小区里住着真正的有钱人，有时候还能遇到明星，我住那里其实有点吃力，物业费非常贵，但我无法控制自己那种想在四十岁之前住进一个别墅的心情，五个卧室，两个餐厅，储藏室没有窗，也没有装什么东西。搬家时莫名其妙找到一个十五年前来北京时背的双肩包，应该是假的Jansport，那是1998年，大家都背Jansport双肩包。包里有一支黑色水笔，一个笔记本和一本《北京著名景点一览》，我翻到写大运河那一页，"现在的大运河分为八段，北京到通州叫通惠河，通州到天津叫北运河，天津到临清叫南运河或者卫运河，临清到黄河北岸叫山东北运河，黄河南岸到韩庄叫山东南运河，韩庄到清江叫中运河，清江到六圩叫里运河，镇江到杭州叫江南运河"，什么烂东西，我想，把整个包扔进巨大垃圾袋。搬家前我扔掉了所有类似的东西，没有任何价值，我也不想再记得那些东西，所以储藏室里空空荡荡，像一个人，突然来到当下，没有任何过去。

买下房子后我没有余钱装修，只能住在之前业主的法式宫廷风里，餐桌四角雕花，紫红色窗帘有层层帷幕，我从来没有在餐桌上吃过饭，每天早上我在厨房烤两片面包，喝一杯胶囊咖啡，就要赶紧开车去城里上班。公司在朝阳公园附近，南门左拐的路口非常堵，有时候我长久地堵在那里，以一种自己都感到陌生的耐心。我又换了一个公司，又拿了一些期权，四年后才能开始兑现，像参与了一个连环赌局，我赢了上一局，现在正在等待下一个好运气，但赢过的人都是这样，总以为自己会一直有好运气。

小竹还是每天晚上直播，手擀面，包饺子，摊煎饼，剁排骨，卤牛肉。小竹以前就这个习惯，总是半夜把第二天的饭菜做好，有时候要等她把面发上了，我们才能做爱，做完面发得正好，小竹一咕噜起来，开始炒馅儿蒸包子。

我在东京出差十天，就看了小竹十天，我每天买好梅酒，等她直播完和我语音聊天，我说，你这个工作挺好的，反正你也要做饭。

小竹懒洋洋，是啊，我的工作真是挺好的。

你收入怎么样？

还行吧，够我付房租和吃饭。

你现在住哪里？

就是以前那附近，温榆河记得吧？河对岸的小区。

那边现在有小区了？

是啊，树都砍了，好高的小区，比以前树还高。我住在三十三层，是个 loft，我们做主播的好多都住这里，背景拍出去漂亮，有一条河，看起来好像是住在亮马河或者别的什么地方，你不知道吧，现在温榆河可干净了。

以前温榆河对岸没有小区，只有长到天上的白杨林，穿过白杨林则是无边麦田，秋天麦穗金黄，冬天村民们把麦秸堆在田里，烧麦秸时漫天火光，照彻温榆河两岸。小竹那时候就会拉开窗帘，说，要是火能烧到我们这边就好了。

你是不是神经病？

火看起来这么厉害，为什么就过不了河。

神经病。

我们沉默了一会儿，小竹那边有哔哔剥剥的电视声，她不知道从哪部电视剧里回过神来，你呢，你现在住哪里？

我犹豫了一下才回答，我也一直住在温榆河附近。

那这么多年，我们也没有遇到。小竹好像在刷牙，我听见电动牙刷的嗡嗡声，她牙齿一直很好，白而结实，咬起苹果来干净利落，我则因为害怕牙齿出血，不再吃苹果。

温榆河有四十多公里，我现在住在上游附近，那里属于昌平了。

哇，昌平，我还没有去过昌平，我连海淀都只去过一次，昌平好玩吗？

如果想和小竹发生什么，我应该邀请她来一次家里，但我感到犹豫。我确实想和她发生一点什么，在承认自己并没有忘记小竹后，我发现自己尤其没有忘记她的身体，那个光滑、冰凉、不可随意扭转的身体。但我对之后的事情感到担心，如果小竹看到那些东西，别墅，车库，车库前的玉兰花，会不会发生更多事情？

我不确定自己是不是想发生更多事情，于是我对小竹说，我在国外出差，回去我来看你。

小竹打了个哈欠，好啊，只要不是周三，每周三我要去公司开会。

你还有公司？

有啊，我是签约主播。

我笑起来，公司给你发底薪吗？

发的，一个月七千，超出 KPI 再提成。

那还可以，你能完成吗？

可以啊，每次我剁排骨都能收到很多礼物，大家都喜欢看我用刀，我的刀是我妈在老家特意找铁匠打的，好厚，什么都能剁呢，下次你来看我剁鸡。

那你怎么不天天剁排骨。

公司说，那样就没意思了。

小竹剁完两次排骨和一次土鸡，我开车去了通州。只是六月，天气已经热到没有什么退路了，我在小区里绕了几圈，终于找到一个树荫下的车位，停好下来发现那是一株桃树，桃子半青半红，有星星点点被蛀过的虫眼。它们一大半会在北京的第一场暴雨后坠落地面，剩下的则在七月成熟，这种桃子永远不甜，也永远不会软下去，一直放到烂都有那股脆劲。我突然想到，小竹到时候就可以直播熬桃子酱，以前她偶尔会做几罐，砂糖融化在酱里，满屋有一种甜香，我们用它蘸馒头和花卷。

小竹穿着直播时那件蓝色真丝背心，还是没有穿内衣，但可以看见花朵型乳贴，下面是一条裹起来的花裙子和白球鞋，卸了妆后她就还是小竹。皮肤不大行，在阳光下尤其如此，眼睛四周有清晰斑点，有些三十一岁的女人还非常隐蔽，但小竹就是一个光天化日的三十一岁。

小竹说，真热啊，我们去哪里？

我没说自己开了车，只问，你想去哪里？

她真的想了想，说，我们去绿道吧，温榆河新修了一个河边绿道，特别长，我走了好多次，也没走到头，那边都是大树，我们可以一直走树下。

我知道温榆河建了一个河边绿道，小区业主群里总有人组织去跑马拉松，跑过的人在群里发起点和终点的照片，从昌平跑到了通州啊，大家都这么说。终点照片的背景里有含含糊糊的一个楼，露出含含糊糊的阳台角落，我一眼认出那就是我和小竹住过的那间，黑色栏杆当年就有一块磕掉了漆，现在仍然没有拆掉，或者翻新。

但我什么也没有提起，关于我现在住的小区、河边绿道或者栏杆上斑驳的油漆，我只说，好啊，那我们去绿道走走。

我们在烈日下走了很久，一直没有看见什么绿道，确实有一条红色道路，但两边只有倒下的大树和翻起的草坪，一眼望去就是如此，没有什么转折的余地。小竹不大相信，反反复复说，怎么会这样呢，不可能啊，我半个月前刚来过啊，那时候还是好好的，草坪上还开着花呢。

我往两边看了看，翻起的泥土里的确有碾碎的花瓣，蓝色，黄色，一种近乎紫的红，关于绿道的一切，残留的都在这里了，没有更多美丽和奇迹。我早就习惯了，在北京发生的一切都没有解释，为什么拥有一条绿道，为什么失去一条绿道，我屈从于任何结果，导致对原因失去了好奇心。

小竹却总想再往前走走，万一前面就好了呢，她说。小竹浑身都湿透了，真丝背心变成更深的蓝，乳贴不知道掉到哪里，凸起两个硬硬小点。没有大树的庇护，这条路像是在火上飘浮，下午四点的温榆河，河面有火光闪烁，我想起多年前村民们燃烧麦秸的大火，想到小竹那时候就期望大火能跨过温榆河，她一直这样，总期望灼热的东西能战胜水和冰，现在终于都实现了，只是还有一地废墟。

走到某一个点，我终于停了下来，说，就这样吧，前面也就是这样了。

小竹也停下了，想用一双手擦汗，但手心太湿了，什么也不能擦去。她说，那我们歇会儿。

我不耐烦起来，不是歇会儿，我们回去吧，太热了。

小竹不说话，在路边垃圾堆里翻来翻去，找到一块纸板扇风，又突然指着前方说，你看，那边是燃灯塔。

我胡乱看了看，确实有一个塔，露出小小尖顶，怎么了？

就在西海子公园里面啊，你不记得了？上次我们半路回去了，其实燃灯塔就在前面啊，真可惜，再走走就能看到了。

我不知道有什么可惜，一个塔而已，也没有什么名气，但我说，你后来去看过了？

去过啊，我又去看了那个李卓吾的坟。李卓吾你记得吧？就是李贽呀，上次我也看了，后来又去的时候，就往前走到了燃灯塔。

我觉得自己应该想起些什么，像一个线索会走向另一个线索，但什么都断开了，像脑子里有人失去耐心一剪子下去，记忆并没有失踪，但零零星星散落一地。

小竹把纸板扇得啪啪响，自顾自说，不过那个坟围起来了，说要整修，我还遇到一个男的，搬了好多砖，垫起来往里面看呢。

看什么？

看墓碑啊，他说，忙了好多年，终于能来看看。

他看到什么？

墓碑啊，上面写着，李卓吾先生墓。他拍了好多照片呢，说要回去发朋友圈。

还有呢？

没有了，就是这些。

就是这些？

就是这些。

我在五点回到自己的车上，车内温度在五分钟后降到二十二度，一切终于恢复了原样，有汽车、车载空调和瓶装矿泉水，我靠这些才能确认生活和秩序。小竹却还在这些秩序之外，她没有内衣，浑身臭汗，拿着一块破纸板，徒劳地想在三十八度的烈日下寻找一条被摧毁的绿道，她只要绿道提供的凉意。

你先走吧，我再去看一看，小竹说。

今天的太阳多大啊，七点以前都不会日落，我放下遮光板，又戴上墨镜，想，小竹应该会中暑。

我走了一段六环，又上了京平高速，开始我和温榆河越走越远，然而在一个复杂的路口，我看见温榆河就在下面，伴随着一条崭新的红色塑胶绿道，有各色野花、碧绿草坪和倾倾如盖的大树。小竹不可能走到京平高速，但绿道也可能在更早的地方就恢复，谁知道呢，温榆河还在燃烧，我聪明地逃离了每一场大火，却仍然有人奋不顾身，把影子投入火里。

火　花

# 一

　　庚申年暖而多雨，雨自西历新年便一日不停，直至旧历新年。正月初一适逢雨水，令之清晨起身，见窗外竹林淅沥，屋内暗而多影，她拉开电灯，尚未梳洗便去翻了历书，对恩溥道："原来上一回初一撞雨水，得数回十九年前。"

　　小厨房已送来早饭，他们房里历来吃得素简，托盘里只有一碟子椒盐小花卷，一方玫瑰腐乳，一罐子清粥，几种咸菜拼成一碟，红的是手指长短的小萝卜，绿的是抱子菜，黄的是这时节园子里满地乱长的洋姜，另有一海碗素面，配一小碗韭黄炒鸡杂做浇头。鸡是昨日傍晚现杀的，咸菜子时下坛，卯时便得捞起，若是过了时辰，便整坛皆弃。

　　恩溥看了看，伸手舀了一小碗面条，胡乱加了两勺鸡杂，道："那便是你周岁那日。"

　　令之并未过来吃饭，她缓缓翻着历书，不知是想往哪个日子去，隔了许久方道："是，正是我周岁那日……父亲说，抓周时我起先什么都不要，坐着直哭，直到他又放进来一支西洋水笔。"

　　恩溥吃了两口，嫌这鸡杂炒老了些，便把面条放在一边，拣了一个小花卷，撕开就着腐乳，这才又道："是不是我见过的那支？雕着裸身小人的？"

　　令之拉开抽屉，从深处翻出那支沉甸甸的法兰西黄铜水笔，尾翼上确有裸身胖胖孩童，肋下生翅，令之抚过翅上支支长羽，道："父亲说，这笔还是庚子拳乱时，城里的传教士慌里慌张跑去省城，临行前留了一本《圣经》，当中夹了这支笔……这小人也并不是小人，这是西洋的天使，住在天上，和上帝在一起。"

恩溥点点头，道："我当年亦读过《圣经》，自美利坚黑船来航之后，东洋人信基督的也是不少，只是他们唤作《圣书》。"

光绪三十四年，林恩溥乘船东渡，前往东京和法法律学校求学。庚子赔款之后，这学校便设了清朝留学生法政速成科，连刺杀摄政王的汪兆铭，亦是从这里毕业。恩溥去时尚是爱新觉罗氏的天下，光绪皇帝被太后囚于西苑瀛台，待他四年后归来，则已换了新天新地。革命既成，小皇帝退位，袁世凯入住中南海居仁堂，据说每日进餐，均需军乐队奏乐两曲，比紫禁城内的小皇帝更显皇家之气。恩溥归来时从报上读到此节逸闻，还对令之笑道："这倒是不难，以后你若喜欢，每日你进餐时，我便在旁边吹唢呐弹三弦便是。"令之扑哧笑出声来，想打他的手，又觉这般不妥，半空中收了回来，二人久别重逢，四目相对，心中只有缠绵之意。

余令之和林恩溥早早便有婚约，余林两家均是孖城大户盐商，婚配本是理应，难得二人自小亦有情，是城内知名的佳偶天成。婚约定下时令之十二，恩溥十三，第二年恩溥留洋，便约好四年后归国完婚。令之则先去省城上了洋人教会办的新式学堂，归来便在余家私塾树人堂中做了一年女先生，教的是国文和英文。这在城中实属罕事，令之出门看戏饮茶，也有人窃窃私语："那便是余家三小姐，现今在做女先生。"

"女子怎能做先生？"

"听说京城有专门给女子上的大学，学成之后个个都是女先生。"

"余家三小姐得行，京城都不需去，不也是女先生。"

令之略感羞赧，又有一股飘然爽气，她心中得意，课上课下便更是用心，不过大半年时分，班中已有孩童能唱"奇异恩典"，耶诞节时齐齐从家中搬来各色树木。有一株马尾松高达十尺，班里一个叫作夏苏晴的女学生，算来是余家某一支姻亲，她性子颇野，也不用梯子，脱了鞋袜，说爬便爬，在树上挂满花灯。令之见她露出雪白脚趾，心中不安，一时慌乱，竟伸出双手，挡住身旁那男学生双眼。

一年后恩溥归国，两家商议婚期，令之的父亲余立心便道："林家和树人堂有五里之遥，一个新婚妇人，每日这样跨半城奔波总是不雅，何况你迟早也要生儿育女。"令之虽有不舍，但又觉无从辩驳，便辞了先生一职。恩溥旧历四月归国，他们成亲时已是新历十月底，满城银杏飘零，夏苏晴那时正准备去省城上学，正是当年令之去过那处，行前她用金丝楠木雕了一艘歪尾船，又捡了金黄叶子铺在船底，送来做新婚贺礼。树人堂正在釜溪河边，有一日令之在课上，见窗外运盐的歪尾船歪头歪脑，顺水而下，由邓井关行至沱江口，再往大江而去，船工们过了险滩，便停了桨，坐下吃锅盔夹凉皮，水上有风，白鸟蹁跹，在船板上悬而不停。这场景本是日日都见的，那日不知为何，令之却停了声，遥望歪尾船一路东行，直至不辨踪影，才轻声道："日后你们也可坐上歪尾船，往长江去。"

令之婚后三年不孕，都传她身体有恙，到了第三年，公婆虽待她仍是客客气气，但话里话外已有要给恩溥纳妾之意，幸而恩溥决意不从。他是长子，归国后就接了林家上百口盐井的生意，在家中说话掷地有金石之声。他私下对令之道："令之妹妹，你放心，若是你真生不出一子半女，我必不会怪你，再等几年，我们就从旁支里抱一个过来过继，莫说我们，爱新觉罗家后面不也好几代生不出儿子。"

令之听了这话，分明应觉感动，却不知为何心中更添烦绪。那日恩溥睡熟了，令之夜半起身，在园中池旁枯坐，顶上正是牛郎织女，她心中想："原来你心中亦是想过，这是理应怪我之事。"那日她在池边坐到晨星亮起，回到房中，恩溥迷迷糊糊道："这才什么时辰？你回床上来，再陪我睡一会儿。"

那日他们睡到巳时方起，恩溥匆匆沐浴，便去了井上查看，令之整日浑身酸软，陪嫁丫头竹心偷笑道："姑爷待小姐好得很。"

这话竹心往日也说过，但那日令之听了却觉心上生刺，那根刺迟迟不去，令之推说身体不爽，一直再未与恩溥行房，直到秋风乍起，令之这才恍觉月事三月未来，已是有了身孕。

宣灵如今快到三岁，鼓鼓圆脸，尖尖下巴，睫长如扇，眉黑似漆，发梳双髻，因是正月，髻上插了鲜红的珊瑚簪子。宣灵起得早，已在外面玩过一圈，正拿了一手花生酥糖，进房便道："妈妈妈妈，去公公家！去公公家！"

恩溥在一旁点头道："对呵，今日是妈妈二十生辰，我们和宣灵一同回外公家去。"

令之却仍反复摩挲那支西洋水笔，也不理宣灵伸手要抱，忽道："你们先过去，我去河边看一看，午饭前自己过来。"

恩溥没能听清："你要去哪里？"

令之把笔收回抽屉，道："河边，我要去河边看一看。"

恩溥疑道："河边？去河边看什么？父亲在等着我们回去。"

令之站起身来，从柜子里拿出一件暗绿呢子大氅，她细细把扣子一一扣好，想了想又从抽屉里把笔拿出，放进内袋里，她理了理宣灵的珊瑚簪子，笑道："我也不知道，但我要去河边看一看。"

1

2020 年来得多快啊，我甚至没有听见一声呜咽。跨年那晚我十点下班，车开了许久，才想起六点在楼下 7-11 买盒饭，我分明要拿一盒酸奶，结账才看见手里是一罐 500 毫升的朝日。

那点酒就着麻婆豆腐和茄子豆角下去得很快，现在却在东三环渐渐涌了上来。京通快速路出口不时会有交警查酒驾，于是我下了三环，先是顺着辅路一路往东，后来在几个路口胡乱拐了拐，经过闪烁的大悦城、均价六万却极其丑陋的巨大小区、华联生活超市、足浴中心、图文快印店和花圈店，因为统一招牌，所有店面都是黑底黄字，于是都像是花圈店。经过那一排密密挨挨的花圈店，又沿着一条被违停车辆挤到只有窄窄一个车道的长路走了好几公里，在一个丁字路口我靠边停了两分钟，最后决定去追前方的半轮月亮。这是初七还是初八，上弦月却显得圆满，在那个时候，我并没有意识到，再见到一轮完整的黄色月亮，就已经是2020年。

　　我追了许久月亮，直到它升到更高的地方，前方开始出现大路，我分明应该打开高德地图，在三种回家路线中选择一种，但我一时间烦透了选择，莫名其妙停在了路边一个不知道什么公园。公园把停车位设在树和树之间，我转了一圈，停在一个美团外卖的电动车旁边，中间隔了一株极大的桑树，我突然想，明年夏天可以再来看看，桑葚熟透了，落在天窗上，像一场紫色大雨，而我留下了所有的雨点。

　　公园又大又野，只是路灯坏了一半，因为看见另一个月亮才知道不远处就是湖，我往湖边走去，希望能见到是谁在这里叫了外卖。我一边走一边查了美团，附近五公里内有"忆鱿未尽铁板烧"、"东北酱骨杀猪菜"和"精品沙县小吃"，我想那人点了"忆鱿未尽"里的超大鱿鱼，在这意犹未尽的2019年最后一个夜晚。

　　湖边确实有人，外卖小哥穿着黄色工服，坐在一把长椅上抽烟，小哥年纪很轻，烟圈却吹得很圆。我坐了另一把长椅，问他："人呢？"

　　他看看我："谁？"

　　"谁点了外卖？"

　　他摇摇头："没人点。"

"那你怎么来这里？"

"我送完上单烤串，导航上看见这里有个湖。"

另一个月亮在深灰色的湖下闪动，风断续吹过冰面，寒气在夜空中凝结为冰点，又在下一阵风时迎面击打而来。我们同时裹了裹外套。我平日都穿羊绒大衣上班，那种衣服在停车场走向公司的两百米之内穿一穿是合适的，在这里就会有点滑稽，但今天不知道有什么关于夜晚的预感，我出门前换了一件黄色羽绒服，在这个只有月光的湖边，我看起来和美团小哥穿得并无区别。

我不觉得冷，只是突然想喝粥，问小哥："要是我也下一单，是你接单吧？"

"不好说，看系统怎么分配？"

"你就在我旁边，系统不分给你？"

"不好说，系统有时候很奇怪。"

我当场下了一单沙县小吃，系统果然奇怪，分给了四公里外的另一个小哥，地图上显示他在一条不知道什么河边。

旁边的小哥看了看我的手机屏幕，说："这人是我老乡。"

我问他："你哪里人？"

"唐山的。"

"那多好，过年大巴三四个小时就回去了。"

"我们不坐大巴。"

"那你们怎么回去？"

他遥遥指了指停车场："电动车，八个人一起。"

"都是美团的？"

"四个美团，两个饿了么，两个闪送。"

风中带雾，雾中我看见八个穿着各自工作服的少年，骑着八辆电动车走在京哈高速上一路往东，他们可以在外卖箱里放上保温杯、苹果和方便面。这个场景和雾气一样连绵不绝，水一样往前延展，像一个必然会在快手上火起来的小视频，我在虚空中也点了一个赞。

我说："走高速容易出事。"

他又吐了一口烟："我们平时也差不多。"

我还想说什么，外卖已经到了，两个小哥看起来一模一样，都用围巾裹住大半个脸，他们却还是互相认了出来："是你啊。"

"我知道是你。"

"二十九回去？"

"二十九回去。"

刚才小哥已经告诉我，他叫小刘，给我送餐的叫小谢。小谢递给我已经冰凉的皮蛋瘦肉粥和四只卤鸭腿，正准备走，小刘说："要不你也坐会儿。"

小谢说："有新单怎么办？"

"我坐半个多小时了，这儿没有新单。"

"为什么？"

小刘看我喝粥，突然从兜里掏出一个剥好的茶叶蛋，他松开围巾吃蛋："不知道，系统不好说。"

我递给小刘一个鸭腿，再递给小谢："坐吧。"

小谢下意识摆手："那怎么行姐，姐这怎么好意思。"他说得又流利又自然，像系统设置好的快速回复，又像一个人明明不耐烦，却还是默写正确答案。

但那个瞬间过去得很快，又一阵风过去，小谢突然摆脱了系统的束缚，他痛痛快快接过鸭腿："谢了姐。"

鸭腿意外地入味酥软，我们都闷声吃了一会儿，像三只蹲在水边的黄色小熊，风突然停了，让雾气只是在冰面上回旋。小谢先吃完，问我："姐，你哪儿人？"

"四川的。"

"过年回家不？"

"回。"

"坐飞机吧？机票贵不贵？"

"贵的，经济舱都卖光了，只能买公务舱。"

小刘和小谢都"啊"了一声，这大概是我2019年来第一次听到别人对我的生活有一种明显的艳羡，小刘说："那一家人得上万吧？"

我摇摇头："还好，我就一个人，三千多。"

他们都愣了愣，大概他们都不认识"就一个人"的中年女人。我突然后悔今天出门前没有去补一个妆，补妆之后也许可以回到三十五岁。这一年我数次强烈地感觉到，自己只想回到三十五岁那一年，那一年并没有发生任何特别的事情，只是在那一年之后，一切都渐渐有了一种尽头感。

大家尴尬起来，一起看着冰下的月亮，水里似是有鱼，时不时有气泡破碎的声音，又有一颗极亮的星，闪烁在月亮旁边。我突然说："今年是我来北京的第十六年。"

小谢笑起来："姐，我才十七。"

小刘说："我十六。"

我差一点就想伸手去摸小刘的脸，像这样就可以感觉到时间，但我只是说："以前一到跨年，我们就去河边，他们砸开冰面跳下去游泳，我怕冷，就在河边放烟花。"

小刘问："他们是谁？"

我想了想："以前的朋友。"

"现在不是朋友了？"

我想了想："还是，一年吃一两次饭。"

"不去游泳了吗？"

"不去了，北京也不让放烟花了。"

小谢本来在抽烟，听到这个，忽然说："有人放的，就在河边。"

"什么河边？"

小谢往那颗极亮的星星方向指了指，说："就在那边，我送完上一单，远远看见烟花，刚开过去看，又接到你这单，我走了很远，还看见他们往天上放魔术弹。"

小刘兴奋起来，把烟扔了，说："那我们也去河边看一看。"

他们都看着我，像十几年前那些朋友们，脸上有月亮、星星、火花，或者所有与之类似的东西，我往空中胡乱挥了挥手，说："好，那我们就去河边看一看。"

二

令之想，活了这么些年，还没见过春节来得这般晚。若是按着新历，这已是二月下旬，那日她翻了许久历书，上一回这个时节过年，还是咸丰二年。

咸丰二年，太平军由桂入湘，又进湖北，先夺汉阳汉口，再搭浮桥渡长江，最终挖地道塌城墙，攻下武昌城，此为太平军出师年余以来，攻下的第一个省城，一路遍野尸横，满目焦土。整整一甲子之后，革命军没费多少功夫，便再占武昌，那时父亲读了报上新闻，先是久久不语，随后却对令之道："这又如何？当年太平军攻下武昌，何其鲜花着锦烈火烹油，但到了该败的时候，一败涂地不过转眼，天父天兄也没能做成的事情，革命军未必便能成……任这世事这般翻云覆雨，我们这等市井小民，一世不过这一甲子，该做什么，便仍是做什么去罢。"

那时恩溥已去了东京，令之在省城读书也有两年。她想，也差不多了，再往下读，也不知是为何，又有何用，待恩溥归来，便是成亲、生子，林家的生意迟早都会交到恩溥手里，到时她便需在家主事，料理上下，打点四方，她这一生一世该做的，仿似也只有这些了。

恩溥去国前，给她留了一套戚本大字的《石头记》，几年间令之翻来覆去，不知看了多少遍。黛玉落泪，她随之落泪，晴雯病死，她也怨卿何薄命、我本无缘，令之总觉，自己应是一生都住在大观园中的女子。直到恩溥归国，两家正式商议婚事，父亲专门每日拨出两个时辰，教她如何看账本、发月钱、收地租，令之才悚然知晓，原来等在前面的，从来都只有王熙凤的命运。令之并非不喜王熙凤，她只是不喜，十六年来从未有人问过，她是否想有另一条命。

成亲前两日，夏苏晴带了那艘歪尾船来看她。夏苏晴不过比令之小两岁，剪了如今时兴的齐耳短发，蓝布裙褂，老旧布鞋，浑身上下别无他物，光秃秃两个耳洞，已长合了一大半，令之却环佩叮当，床上堆了累累坠坠的鲜红嫁衣。二人相对无言许久，夏苏晴道："令之姐姐，你这衣服真美。"

令之抚着嫁衣上的金绣，道："我母亲留下的东西，自然是美的，这缎子、金线和缀的几百颗东珠，都是当年宫里流出的东西。"

夏苏晴停了停，道："……令之姐姐，你说，美不美又有什么要紧？"

令之愣在那里，不知她是何意，只见她头发剪得不好，参差不齐，夏苏晴把长长短短的细碎头发别在耳后，道："我自己剪的，对着镜子，一剪子就下去了……我这头发自五岁之后就没剪过，下剪之前已长到膝盖，每日梳头结辫便是大半个时辰，到了晚上解开梳通，又是大半个时辰，隔两三日便得清洗，洗时需有两人在旁搭手，若是冬日，洗一次头，等它干便是大半日，更不用说数不清的头钗簪子，满头珠玉……令之姐姐，你说我们女子一生要把多少日子都耗在这些琐事上头？我母亲就是这样，直到死她都是美的，但她一辈子就这么过去了。她死之前，父亲便纳了更美的年轻女子作妾，她死之后，自是又续了弦。我现在的母亲也是美的，但那又如何……令之姐姐，你就要成亲了，丈夫又是青梅竹马的恋人，我本不该说这些，但我烦透了这些，我烦透了美，我剪发那日便想好了，从今往后，我偏偏要做一个不美的女子！"

庚申年大年初一，令之在河边茫然行走，不禁想到那时的夏苏晴，一身素简，不着钗饰，却有一种惊心动魄的美。令之那时就知道，自己这一生，是不会有这般美的时刻了。

冬日晴暖，釜溪河上虽暂停了三日盐运，歪尾船上却仍有船工驻守，这时间还未归家的，大抵都是本就无家的伶仃之人。几人凑在一处，在船头摆下炭炉，炉上沸有牛油辣锅，烫上不得台面的猪牛下水，伴以高粱烈酒。不过正午时分，船工们已醉了七七八八，有人半躺船头唱曲，有人正往河中呕吐秽物。

令之忽生艳羡之情，原来无家之人反能这般自在，自己却只能从一个家出来，行至另一个家中，连这回来河边看一看，转头怕是仍需对恩溥解释良久。但她已再不想解释了，心中一缕声音，起先自己也听不见，后来却渐渐变得清晰，那声音一日大过一日，扰得她不得安宁，但到了如今，安宁亦不是令之想要的东西。

那日夏苏晴曾悄声对她说，家人都以为她不过去省城读两年书，随后便会和令之一般归乡嫁人。夫家这两日已来下聘，未婚夫和恩溥一样为殷实盐商子弟，今年留美归来，明年就要接家中生意。夏苏晴带来一张相片，是个连面容都和恩溥有几分相似的年轻男子。令之道："看起来倒是个好人。"

夏苏晴点点头："我们也是自小便相识的，但我……但我是不会嫁他的了。"

令之奇道："为何？你可是另有心上人？"

夏苏晴拿起那艘金丝楠木雕的歪尾船，道："令之姐姐，你记不记得有一日你在课上说，日后我们也可坐上歪尾船，往长江去……你说时大概无意，我却一直记在心里，再也不能忘记。我只说给你一人听，这回上了省城，便不会再回来了。"

令之吃了一惊："那你要去哪里？"

她嫣然一笑，满额头碎发，乱糟糟遮了眼睛："我也不知，我先往长江去，再去更远的地方，我要比这歪尾船行得更远。"

夏苏晴果真如此，令之嫁入林家不过一年，已听说她在盛夏时分离开省城学校，随身只带了一点金子、几十块大洋，两套换洗衣服，又给父母留下一封书信，信中所写无人知晓，城内都传夏家二小姐和洋人私奔，去了法兰西。夏家震怒不已，当下和那家退了婚，又称和此人再无关系。令之心内知道，这不是真的，那个脱了鞋袜爬到树上去的少女，她所求的，绝不会仅仅是和一个男人私奔而已。

怀上宣灵后两月，令之收到一封没头没尾的短信，落款为"北京女子师范学校"，打开则是薄薄一张八行笺，笔法拙笨，画了一艘歪尾船，一旁写着"长风破浪会有时，直挂云帆济沧海"。有一年深秋，大风不止，令之在学堂里见河面荡然生波，便给学生们出题，写出和风有关的诗词，每人交上来的作业都零零总总数十句，夏苏晴平日最是博识聪颖，但这次纸上只写了两句，一是宝钗的"好风凭借力，送我上青云"，另一句便是这句李白。令之那时便想，这般气概，仿似不是一个女子，而自己，却是太像一个女子。

收到信之后，令之草草看了看，便把它压在了箱底。那箱子里是出嫁前新做的几十身衣服，嫁过来后却从未上过身，这几年不知为何，她一直穿旧衣，但旧衣也有二三十个箱子，如今宣灵已近三岁，也没能一一穿尽。直到去年盛夏时分，令之清点杂物，这才在一件雨过天青色的绉纱短旗袍下面，又翻出了这封信。

自那时到如今，不过半年时间，令之却再也回不去半年前。那封信她贴身放着，白日里只觉得那薄薄信笺似是在火上炙烤，却怎么烧也烧不尽，越来越烫越来越烫，烫到她不得喘息。到了夜里，宣灵和恩溥都睡熟了，令之这才起身，悄声进了院子，把信从小衣里取出，廊下早灭了灯，但信上的一笔一画，竟能自己发出亮光，在这晦暗不明的夜里，与朗朗星月同辉。院中有一株银杏，夏时浓绿秋时金黄，到了冬天，满地圆圆白果，令之捡了果子，剥壳去芯，亲手给宣灵炖了鸡汤。那一砂锅鸡汤撇了油，每日舀一碗煮面条和抄手，足足吃了五日。待到令之把锅底的最后几个白果舀起，她终是知道，这么下去是没有用的，那火焰既已燃起，便不会轻易熄停。在后面的那些夜里，她也不再去院中看信，反正信上的一字一句早就被大火扫过，烙成铁印，尤是信封上那个地址，令之不论走到哪里，都能见它一字一句在虚空中升起：北。京。女。子。师。范。学。校。

河上生风，并无冷意，船夫们吐过一轮，又坐下喝第二轮烈酒，牛油火锅辛辣扑鼻，那味道顺着风，似是也想往长江去。令之从大氅里拿出了那支西洋水笔，尾翼上的胖胖天使，眉眼竟和宣灵有几分相似，令之想，若宣灵是个男孩，便会是这般模样了。

令之抚过天使鼓鼓脸颊，忍不住又凑到嘴边亲了亲，她的月事已是三月没来了，她笃定地知道，这会是一个男孩。

## 2

河面空荡，岸边散落着垃圾、枯草和石头，北京的冬天就是这样了，也不会有什么别的东西。这地方让我觉得熟悉，像十几年前我就和朋友们来过，又像十几年来我们从来没有离开，这中间一定发生了什么事情，但时间被河水吞噬，我因为不能抵抗河水，丧失了所有的记忆。

放烟花的人已经走了，留下一堆堆焦煳垃圾，小刘过去拨弄了一会儿，像是清点完什么尸体，然后宣布："有魔术弹、火箭炮、金喷泉和仙女棒。"我不知道什么是仙女棒和金喷泉，但这听起来令人向往，仙女挥舞魔法棒，半空中涌现金色喷泉，覆盖整个北京。

小谢也过去视察了那些尸体，他不怎么甘心，在尸体中反复翻拣，最后拨拉出几样东西。小谢看起来非常高兴："这盒仙女棒还没开封！还有根魔术弹，刚才我看见的就是这种，我数过了，起码有十二响！"

我们都振奋起来，便先放了仙女棒，想把魔术弹留到最后，看那起码十二响。仙女棒原来就是火花棒，十年前我有一个写诗的男朋友，我们在豆瓣上认识，在一起之后我才知道他的工作是为一家书店守库房，月薪三千五，就住在库房里。这件事让我有点不安，但男朋友高而瘦，在床上非常有力，在那个时候，我觉得这是比三千五重要很多的事情。

也是十二月三十一号，朋友们背着整书包的烟花，由西门翻进了颐和园，昆明湖挨着一个小湖，他们都说，那也叫西湖，旁边则是西堤。西湖太小，大家要再往前走，去昆明湖和万寿山，但男朋友说："我们不走了，我们就在这里。"

于是我们就留在了这里，留在假的西湖和假的西堤。他们分了我们一小包火花棒，点燃后呲呲十几秒就会结束，但那十几秒中，我们坐在湖边，屏住呼吸，仿佛眼前是一场空前盛大的焰火。一支结束了，男朋友又点亮了一支，他把拿着烟花的手绕到我的背后，我们热烈接吻、互相抚摸，仙女棒早就熄灭了，但那股火药燃尽的味道封住了我四周空气，我感到昏眩。男朋友停了下来，但仍然抱着我，像一个虚幻的吻，在焦煳空气里延续。

他把头放在我的肩上，在漫长的沉默后，忽然说：

"因此沉静吸收了所有声速。

因此一根火柴足以令火炉通红。"

我感到更深的眩晕，并在往后的日子里为这种眩晕羞耻，容易上当的女人就是这样的，他们都说，但他们是谁？我和男朋友大概在半年后分手，因为我在那半年里进入了三十岁。我觉得，事实上是大家都觉得，一个三十岁的女人不应该和一个月薪三千五并且守仓库的男人在一起。我自己那时候在一个报社做广告，提成多的月份能过两万，住在月租四千五的东三环一居室里。但一到周末，我转四次地铁和公交，去到昌平，和男朋友睡在仓库宿舍一米二的铁架子床上，我在那张床上享受了此生最销魂的性爱。事后他在电磁炉上给我煮荠菜馄饨，我裸体坐在床上吃馄饨，他则裸体坐在床上看书，我们整个周末都裸着身体。宿舍极小，却有一扇极大的窗，窗外零星种着山桃和杏，正是初夏，男朋友跳出窗去，摘最后一点熟透的黄杏。

提出分手时男朋友显得茫然，我列举了一些理由，当然没有提到三千五或者仓库的问题，男朋友也许明白，也许并不，他看起来对很多事情都不怎么明白，但他什么也没说，只是想了想，说："那我送本我自己翻的诗集给你。"

我吃了一惊，以为他还出过书，但他在行李箱里找来找去，找出一叠 A4 打印的纸，左边三个书钉，第一页是硕大黑字体：布罗茨基诗选，徐云飞译。

我为三十三岁的徐云飞感到心酸，但那种心酸迅速变为更强的决心。我换了一个更好的公司，向那些生活做出告别，守仓库的男朋友，一米二而且床垫塌陷的铁架床，冰封的颐和园，绽放又熄灭的火花棒，绵长的吻，布罗茨基，谁是布罗茨基？

我拿着小谢递给我的仙女棒，想到男朋友和布罗茨基。仙女棒一盒大概只有十支，他们分了四支给我，我把它们同时点燃，原来如今的仙女棒只有那么一点点火花，我确信当年在颐和园点燃的不是这样，那时的火花短而绚烂，我们靠它撑住了整个冷得要命的夜晚。

小谢点燃了魔术棒，我和小刘则一起等待第一朵烟火在半空绽放，小谢在两声巨响的间隙突然大声问我："姐,你是不打算结婚了吗?"

我大声回答:"结的,明年就结,不,是今年,今年就结,2020年。"

小谢又说:"那就好,不结婚也不行的。"

我点点头:"是啊,不结婚也不行的。"

就这么几句话的时间,起码十二响的魔术棒已经放完了,这不像烟花,倒像预示危险的信号弹,但我好好一个人站在这里,月薪三万,年终奖五万,前方到底有什么危险?

小谢和小刘都接到了新单,一单烤串,一单扁豆焖面。走之前小刘没头没尾说:"我不想结婚。"

小谢戴上头盔:"你是男人,男人最好还是结婚。"

小刘说:"我是女人也不结婚,我觉得一个人好。"

小谢说:"你还小。"

小刘说:"你只比我大一岁。"

小谢说:"明年你就不这么想了,过了十七就不一样了。"

我开车回家,一路想着小谢的话。过了三十就不一样了,三十岁我和翻译布罗茨基、自己打印成册的男朋友分手。过了四十就不一样了,四十岁我打算结婚。四十岁还能够结婚已经很幸运,大家都这么说,我也这么对自己说,过去这半年,我一直这么对自己说。

我回到自己的房子。三十五岁时我买下这套二手房,通州的两居室,房子挨着运河,八十八平方三百五十万,因为是顶楼,还送了一个二十平方的露台。房子非常舒适,我花了大量心思和钱在上面,我甚至在露台上种了一圈九重葛,盛夏时分,粉紫花朵爬满围栏,我下班后就坐在九重葛前看美剧,那时候我也想过,这种生活不可交换。

周丰然第一次来我家是八月底,我们七月初确定关系,我拖到八月底才把他带回家,就是想等到九重葛开到最盛的时候,好像它们能对我有什么助益。但周丰然对晚霞般绚烂的九重葛没有表达什么看法,他里里外外看了一遍，站在露台上说："这房子挺好的，就是有点远。"

我说："还可以，我上班开车不堵车半个小时。"

他有点不屑："京通快速早晚不可能不堵。"

我沉默下来，看着我的九重葛。周丰然又说："以后还是住我那边，这套房子可以租出去，能租多少钱？"

我想了很久，才说："一般能租四千吧，但我的房子……"

周丰然点点头："你这个房子装修得好一点，但地段就是这么个地段，最多能租四千五。"

2019 年的最后一个夜晚，我回到自己最多能租四千五的房子。过了十一月，露台已经不适合出去了，我却还是在露台上站了一会儿，风确实很大，但并没有比河边更冷，我已经开始想念河边。我不敢想念更远的东西，比如颐和园，我只敢把想念追溯到半个小时前，那条窄窄的河。

周丰然发来微信，问我"打针没有？"我于是重新进屋，找到了排卵针。打针那几秒钟变得很长，又好像产生了回旋，我在旋涡中看见十年之前的今晚，男朋友的声音似有神启，神说：

"因此沉静吸收了所有声速。

因此一根火柴足以令火炉通红。"

我终于知道，这就是布罗茨基。

## 三

到了元宵，雨终是停了，虽是天色阴沉，无月无星，令之和恩溥仍带着宣灵，去夏洞寺看了最后一场天灯。林家今年井上生意兴隆，恩溥兴致极好，夏洞寺门前灯杆的三十六盏大红灯笼均为他所捐。今日在千手观音殿内，因抽了一支上上签，他一时高兴，又捐了一个月的灯油。

夏洞寺为二人幼年时常来游玩之地，寺中正殿为如来殿，往年他们拜完如来，便去三宝殿、千佛塔、真武殿、玉皇殿、药师殿统统玩一圈，最后才到千手观音殿。令之最信观音菩萨，恩溥留洋前二人一起来上香，令之一时留了心，细细数了三遍，这才知千手观音原来只有四十二只手，当中双手合十，两旁各有二十只，手心描眼，并持各色法器。

令之今日上了香，忽道："恩溥哥哥，你如今可还信观音？"

恩溥奇道："为何不信？你在菩萨面前，可别说这些亵渎的话。"

令之磕了三个头，抬头望着观音，道："我也不知，我只是想，观音菩萨一心普度众生，然而众生芸芸，她只得化身千手千眼，但众生何止万万，哪怕千手千眼，又如何渡得过来？"

恩溥听了这话，只觉得云里雾里，以为她不过一时感伤，也不答话，便拉着令之去求签。令之随手一掷，便是上上签，签文写着"欲改重成望，前途喜又宁，贵人来指点，暗月再分明"。解签的和尚认得这是林家太太，笑着道："夫人，这签文写得太清楚不过，今年你必定心想事成，前程报喜。"

恩溥听了喜不自禁，当下便又许了一个月的灯油。恩溥极是疼爱宣灵，平日井上无论何等繁忙，他总会中间抽空回来一个时辰，和宣灵一同午眠。但这一年中，他和令之行房的次数明显多了起来，又总惦记着月事，令之前两月为了瞒他，特意寻了鸡血洒在床上，恩溥难掩失望，却仍柔声道："没有关系，母亲说那日梦到观音菩萨，菩萨让我们再等一等。"

这日归家路上，恩溥背着宣灵，喜气洋洋，道："那签文说得清清楚楚，应是就在今年。你不妨把小肚兜小鞋都先做起来，后面真有了，前头三个月若是害喜，怕是也只能整日躺着……奶妈也找人去乡下四处问好，需找个身强体壮又信得过的，我看上回宣灵那个奶妈就好，要不你让她抓紧再怀上，多给她几个钱便是……"

令之用手理了理宣灵额头散发，轻声道："但我今年想去北京呢。"

恩溥愣了愣，道："去哪里？"

"北京，我想去北京。"

恩溥仍是以为自己听错了，道："去哪里？"

"北京，我想去北京读书。"

"读书？你不是读过书了？"

"我还没有读完呢。"

他们此时已进了林家大院，下人们接过宣灵，又给他们端上元宵，一人六个，整整齐齐窝在酒酿里，元宵一半甜一半咸，甜为花生混芝麻，咸为芽菜肉哨。待下人都退了，恩溥不言不语，闷声闷气把汤圆一气吃完，这才一甩手扔了白瓷汤勺，道："你说，你是什么意思？"

令之却仍在喝酒酿："我不是说了，我想去北京读书。"

"读什么书？"

"女子师范学校，如今应是叫女高师了吧。"

令之什么都说得清楚分明，但恩溥似是仍不敢信："你到底是什么意思，你这是想和我离婚？"

"离婚"二字说出口，二人都是心中一惊。民国之后，报上断断续续有各地离婚逸事，但这个词在这川南小城中，仍是闻所未闻。令之和恩溥那时都想，他们既是自由恋爱，又符了父母之命，世间哪里还有比这更圆满的婚姻。前几年北京有个叫程月贞的女子，清朝时是石头胡同里讨生计的妓女，赎身后嫁了一个出宫太监，谁知婚后不久，便被丈夫毒打，程月贞愤而离家出走，后来又请人写了诉状，道自己想要离婚，那太监则说离婚可以，但要对方归还当年的赎身银。审判厅推事三日后准了程月贞所诉，对太监的诉求则斥道："人并不是所有物，何有赎身银之谈？"

这出事情在报上掀起轩然大波，离婚案过去数月了，还有记者报道程月贞无处求生，便又回了石头胡同，重操营生做妓女。恩溥那时曾叹："这不就是又跳了火坑，其实那太监被这么吓了一回，日后怕是也不敢再打老婆。"

令之却道："若是我，我也怎么都要离，哪怕两边都是火坑，我也宁可去跳自己选的那个。"

恩溥佯装打她的头，又佯装生气："怎么？你以为这么说了，往后我就不敢打你是不是？"

令之伸手去挡，恩溥便抓了她的手，放在嘴边亲了亲，那时他们尚未成婚，久别多年后从未想过"离婚"这个词能和自己有何关系。

今日他们都想到程月贞，恩溥颤声道："怎么？我是哪里对不住你？我是打了你还是骂了你？这个家现今对你来说就是个火坑？你就这么想跳出去？"

令之苦苦忍了这几月，此时再也绷不下去，她落下泪来，道："我不是要离婚，我只是……我只是想去读书。"

恩溥道："读书？你已嫁人生子，还读书做什么？你读书就不能在家读？家中书房万册藏书，还不够你这辈子读？你若是想请个先生，我便给你请个先生，别说北京的，美利坚的先生我也给你请回来，你却一定要去北京读？令之妹妹，这些年我究竟待你如何，你心中应是清清楚楚，但到了今日，宣灵长到这般大了，林家上下都盼着我们再生个儿子承继家业，你竟然会有如此奇思谬想，说什么想去北京读书？！"

令之已是泪如雨下，连看也不敢看恩溥，只低头对住面前汤圆，喃喃道："……但我真的要去读书，恩溥哥哥，我也不知道这念头从哪里来，但它像一株草，它发了芽，就拼命往上长，再也去不掉……我试过了，我真的试过了，我也没有办法，我也没有办法，恩溥哥哥，我要去读书，我必须要去读书，你既是待我这般好，那我就求求你，放我走吧，你就放我走吧，我不是要离婚，我只是想去读书，读完书我还回来，但你放我去读书，恩溥哥哥，我求求你好不好，我求求你……"

到了最后，令之竟是连声音也变了，似是另一个人忍无可忍，要从体内喷涌而出，再化为人形。恩溥听得惊了，不由打了一个寒战，半晌后才又清醒下来，他缓缓坐下又站起，道："……明年。菩萨今年会给我们送子，你生完了，明年我亲自送你去北京。但你也莫说回来了，林家并不是你想来便来，想走便走的地方。"说罢，他转身便去了书房。

令之哭了不知多久，眼泪像一条长河，流到她本没有想过的远方，但也终有流尽的一刻。她起身开窗，窗外阴云已散，一轮圆满无缺的月亮就挂在上头，窗下有西洋式样的橱柜，令之打开柜子，拿出一个上锁木箱，又从贴身小衣中拿出一把小小钥匙，箱中有一包草药，这是她月事未来的第二个月，有一日孤身走到乡下地方，找村中医婆所开。

那医婆不知令之的来头，来这种地方的女子，大都不愿说出自己的来头。医婆包了药粉，叮嘱她道，药中有马钱子、生南星、生川乌、生草乌、水银、巴豆、蜈蚣、水蛭、三棱、莪术、益母草……药效极猛，让令之掂量着用。但最后医婆又给她包了一丁点儿砒霜，道："若是真下不来，还有这个。"

令之打开那包药粉，腥味扑鼻，隐约还能见到没有全被磨粉的蜈蚣细脚，那一点点砒霜则用黄纸包在一旁。令之抚了抚小腹，里头似有小小蜈蚣，上下蠕动，蜈蚣一日日长大了，又一日日让令之不得安宁，令之知道，这一生，自己是再不得安宁了。

但令之仍是拿起砒霜，想，若是真下不来，还有这个。

3

打排卵针是我自己的意思。周丰然倒是说："我不在乎这个，在乎这个我找你做什么？"他五年前离了婚，女儿跟着前妻，住在他们之前的房子里。周丰然在北京有三套房子，一套分给前妻，一套出租，一套自住，他是一个有条不紊井然有序的四十岁男性，在离婚五年之后，有条不紊井然有序地找到我。

周丰然那句话没有错，但仍然让我感觉刺痛，我们每一次见面，都像在头顶天空中一字拉开了硕大横幅："我找你做什么？"我把周丰然介绍给父母，父母在几乎难以掩饰的狂喜中偷偷问我："他找你做什么？"我把他拉进朋友群，朋友们热烈地给他发红包，但我疑心他们私下里另开一群，热烈讨论："他找她做什么？"在第一次鼓足勇气的性生活之后，周丰然不准我起床洗澡，濡湿的皮肤贴住皮肤，空气中升起不确定液体的腥气，我终于抓住了那个时刻，问他："你说，你到底找我做什么？"

周丰然一手搂住我，另一只手则在刷手机，他漫不经心说："我以前就喜欢你，你应该知道。"

周丰然高中和我同级，那时候我确实知道他喜欢我，但那时候喜欢我的人是很多的，我确实没有想过有一天，会为他为什么喜欢我而疑惑。周丰然个子不高，黑黑胖胖，满脸痘印，我认识他是因为学校派我们一起去参加省里的化学竞赛，住的宾馆条件不好，早饭需要去抢馒头，周丰然就每天五点半起床，替大家抢馒头。我们吃完早饭，各自回到房间，周丰然偷偷敲门，又递给我一个馒头。"红糖的，"他说，"我抢到一个红糖馒头。"那个时候我自然知道，这个胖胖的男孩子喜欢我，但我只是理所应当，吃完那个甜到过了头的红糖馒头。

周丰然说，他早就认识我。他还说，一到冬天，我就会在每周三午饭后洗头，然后一整个中午站在教室走廊里吹风。我记得那些中午，四川冬天阴而湿冷，我的头发又长又厚，有时候到了放学时间，天几乎黑尽了，我的头发还没有干透，我披头散发走在路上，又整个冬天都穿红色羽绒服，男同学们会在身后怪叫，女鬼，女鬼。周丰然大概也是其中之一，我不记得了，这种男同学实在太多。

但周丰然什么都记得。"我从来没有见过谁有那么多头发，之前和之后都没见过，我大学看舒淇的三级片，舒淇的头发也没有那么多。"周丰然放下手机，半闭着眼睛，仿佛不是在谈论我，而是在描述一场幻梦。梦醒后他睁开眼睛，摸了摸我的头发，略带遗憾："现在怎么少了很多。"

　　三十五岁以后我就开始掉头发。我们这个行业，不掉头发的人是会失业的，很多人掉了头发也失业。我比较幸运，掉了头发，但一直在工作。工作，涨薪，分红，买包，我对包没什么兴趣，但我买了许多。我现在为影视公司做宣发，最忙的时候一天对接三百个群，我一把把掉头发，又一把把吃维生素，甲方半夜两点仍然没有放弃骂我，我忍气吞声到两点半，终于哭了起来，老子不干了，我挂了甲方电话。

　　那一次我并没有不干。早上七点，我给甲方道了歉，又继续对接三百个群，但这句话一旦出现，就没日没夜悬在头顶，扰得我不得安宁。差不多就是那段时间，周丰然突然从高中校友群里加了我的微信，少女时代我自然也梦想过王子，白马，骑士，南瓜车，所有与之类似、可以拯救我生活的东西，但我如何能想到，在四十岁之前的最后一年，出现的是黑黑胖胖的周丰然。在重新见面的第二个约会中，他突然说，令之，我以前喜欢你，现在还是喜欢你，你愿不愿意？他虽然提出了问题，但声音里并没有疑问，他是笃定的，他知道自己是我能抓住的最甜的那个红糖馒头，而我面前残留的馒头已经快要渐次消失。

　　周丰然其实没那么黑了，也不怎么胖，痘印早已消散，皮肤光滑，穿着得体，开一辆白色宝马730，新时代的白马王子就是这种样子。他不是什么了不起的成功人士，但让我不工作的钱是有的，问题是我如何能不工作？一个年近四十、事业体面的女人如何能以体面的方式退出事业？这个问题照样没日没夜悬在头顶，扰得我不得安宁，直到我找到其实早就昭然若揭的答案：我可以成为、也只能成为一个母亲。

周丰然不知道这些，他以为我只是爱孩子。我的确爱孩子，但如今这种爱被我亲手玷污，让我羞于谈论孩子。我只是谈论技术问题：打针，打什么针；吃药，吃哪种药。如果人工受孕失败了，我们是不是要花更多钱去想其他办法。如果国内风险太高，那我们是不是要去加州，那样就是二十万美元起。

周丰然说："都听你的，那个钱我们也花得起。"这样的丈夫，我听见每个人在心里问，她为什么有这种好运气？一觉醒来，我也再次问自己，我为什么有这种好运气？

2020年的第一个清晨，我清楚听见卵泡在体内生长的声音，就是这一个了，我想，就是这一个会拯救我的命运，我应当为此快乐，但快乐好像早在我做出决定时就全部耗尽了，余留的只有我自己清楚的动机。现在我躺在床上，感受卵泡、生育、未来，和所有与之类似的东西，以及下意识滑动手机，我在公众号推送里看见通州新闻，"北京市烟花爆竹禁限放政策已连续实施两年，虽然相关规定已家喻户晓，但是对于烟花爆竹禁限令仍然有个别人存在侥幸心理，顶风燃放。新年伊始，就有两名男子因为在潮白河旁违规燃放烟花爆竹被通州警方拘留，这二人也是2020年通州区首位因违规燃放烟花爆竹被拘留的违法人员"。

我反反复复看那条新闻。我反反复复想起床。想去河边看一看，闻一闻昨晚的风、雾气和火花残留的气息。但我一直没有起来。一直没有。

失　踪

# 1

早上十点，黑霾沉沉。我在八里桥批发市场买了螃蟹，进小区门禁前去看邮箱，九点出门我已经看过一次。过去两个多月里，我每天下楼十几次查看邮箱，除了买菜往返，我还热衷于下楼倒垃圾，吃一个橙子倒一次，扔两张纸又是一次。

这次里面多了一个黑信封，终于。夹在我的信用卡账单、梁一宁收到的圣诞贺卡和宜家新品目录中间。略带粗粝手感的黑色纸张，没有封口，没有邮戳，没有收信人和寄信人。我进房间后来不及换鞋，坐地板上打开信封，孤零零一张 A4 纸，宋体四号字加黑加粗："梁一宁，法定失踪。阅后即焚，不得拍照，一经发现，状态失效。"

就这么些，我心里知道，二十个字加上人名。又读了一遍，反复确认"法定失踪"四个字。蒸螃蟹的时候才把它烧了，一小撮黑灰，冲进下水道。螃蟹很肥，膏满溢出来，我坐下来吃螃蟹，姜醋里加糖。又一个螃蟹。

梁一宁失踪那天，十月十七号，早上赖床，他从后面抱住我，说："我们今天吃螃蟹好不好？我突然有点馋，等会儿一起去八里桥？"最后我一个人去了，梁一宁有邮件要回，没人替我拎菜，我穿平跟鞋出门，习惯了两个人，只觉得右边空荡，好像被人生生砍掉一只手。市场上太湖蟹四十五一斤，我买了四个，两公两母，刚好两斤。又走五分钟到花鸟市场，买绿色龙胆和绿色百合，梁一宁喜欢奇怪的植物，绿色的花，红色的叶子。

回到家里不见梁一宁，没带手机，穿走皮鞋，拖鞋整整齐齐摆在地毯上，电脑留着他回信的页面，我出门前给他泡的竹叶青浅下去三分之一，烟灰缸里有两个烟蒂。我把那四只螃蟹养在汤锅里，蟹钳疯狂划过不锈钢锅壁，我整夜不睡，听那尖刺声音，龙胆和百合有悠悠香气。

第三天螃蟹终于死了，我终于接受了这件事：梁一宁失踪。那天晚上把四个螃蟹都蒸来吃掉，死螃蟹有腥味，蘸剁椒也压不下去。半夜胃痛，起来呕吐，房间漆黑，只有无线路由器闪蓝光，我坐回床上，黑暗中望着前方，并没有哭，万物理应寂静，我还是听到扰人声音。

我惦记梁一宁想吃螃蟹，就每天去买一只，把他的拖鞋摆好再出门。去八里桥要坐三轮车，相熟的师傅只收我八块，他开头几天问我"你老公呢"，我说"他今天有点事"，持续了一段"今天有点事"后，他不再问了，把价钱调整为往返十五，在市场门口等我二十分钟。寒风勾走魂魄，我有一辆能拉上玻璃小窗的电动三轮车，马达声突突，我靠着左边坐，右边是师傅的抱枕，红布污脏，上面绣着两只鸟。回到家里，拖鞋原地不动，我把它放回鞋柜，装作这件事并未发生，又一天过去了。

太湖蟹下市，变成梭子蟹，前缘有锐齿，末齿带倒刺，我两次戳破指头，血滴成花朵形状，渗进米白色餐盘。吃了太多螃蟹，胃寒如冰，暖气片烫手，我还是整日喝滚水。今天这只梭子蟹重六两，卖蟹的人打包票说是满黄，我在厨房里犹豫片刻，打开门把它放了，看它歪歪穿过走廊，我希望它恰好搭上电梯，带上满肚子蟹黄，去到自由之地。出小区左拐就是通惠河，它只需走三百米，穿过垃圾箱、停车场以及一个复杂的十字路口，垃圾车呼啸而过，郊区中巴车强行变道，也许它能躲开这一切，抵达三百米外的清澈小河。

没有螃蟹，我煮了碗素面，泡在酱油汤中。这是十二月二十九号的傍晚，窗外有混沌灯光，困意袭来，我突然意识到梭子蟹长在海里，我不过放它走向死亡。

## 2

法定失踪是最好的一种失踪。梁一宁说，缩在被子里，咬着我的耳朵。手机放在老远的地方，房间漆黑，拉上密密窗帘挡住月光。

除了法定失踪还有什么？我问，紧紧搂住梁一宁的腰。盛夏，两个人身体濡湿，耳垂火烫。让我们激动的不是性欲，而是禁忌与秘密。

非法定失踪。梁一宁悄悄说。

那是什么意思？

不知道。反正法定失踪更好。

我"哦"了一声，从被子里钻出来透气，梁一宁也起身抽烟，烟气在空调房里缭绕不散，我们开始大声说话，讨论 Black Mirror 的剧情。在自己家里，我们的声音也是太大了。

那天晚上本来邱永和林零要来吃晚饭，他们住西边，我们住东边，隔着整条长安街。两个月没见，饭局是林零临时约的，中午打电话过来。时间紧张，我只买了条鱼，烧一锅邱永爱吃的红烧肉，手一抖，放多了冰糖。

六点半，我刚把桂鱼放进蒸锅，撒上姜丝，林零到了。她一个人，打扮齐整，真丝印花连衣裙，五厘米高跟鞋，涂着玫红唇彩，更显脸色恰白，拎一袋子葡萄。我以为邱永在楼下停车，桂鱼熟了，还是没人上来。梁一宁对我使眼色，我悄悄撤掉一副碗筷。

三个人默默吃饭，红烧肉没人动过，空调开得低，油渐渐半凝，让肥肉更不可下咽。林零急切地吃鱼，最后只剩一副骨架，她把骨架夹到盘子里，放下筷子，神经质地鼓捣那些鱼刺。我在边上替她剥好葡萄，浅绿色果肉，看起来极酸，她并没有吃。

梁一宁打算收拾桌子，林零示意我们过去，盘子里鱼刺摆成一个"法"字。她抬头看我们，两腮微红，眼睛闪光，又随手把鱼刺拨乱。梁一宁洗碗，我把垃圾拿下楼，林零也要走了，跟着我下去，我们在小区垃圾桶前拥抱，食物即将腐败的味道逃无可逃，两只流浪猫蹲坐在一堆香蕉皮上，眼巴巴看着我们，林零小声说："你让梁一宁好好的。"猫喵呜跑远，又回头望过来，绿眼睛闪出鬼光。

后来就到了晚上，梁一宁告诉我"法定失踪"这个词，床上突然漫出鱼刺的腥味。我们重新躺下去，他又把我拉进被子里，压低声音说："听说会有个黑信封。"

"什么黑信封？"

"法定失踪，家人会收到一个黑信封。"

"有什么用？"

"不知道。反正会有这么个黑信封。"

"林零收到了？她为什么不说？"

"她不敢。"

现在我知道，的确不敢。我半夜醒过来，默背那二十个字，反复回忆前面的人名到底是不是"梁一宁"，想得越细，越失去信心，到最后忘记"梁"字的正确写法。我不喜欢他的名字，因为"宁"字又有 N 又有 G，四川人读不出这个音，我总读成"一林"。这么一听又像在叫潘意林，经济系 99 届的那个男生，个子算高，脸上长痘，剃平头打篮球。追过我一段，认真地追求，去自习课室堵我，情人节送花，平安夜给我在学校电台点歌，Sarah Connor 的 *Christmas In My Heart*。我在食堂里打饭，大喇叭里传出沙沙歌声，Tomorrow may be grey, We may be torn apart, But if you stay tonight, It's Christmas in my heart [①]。

我挺感动，但我已经有了梁一宁，他知道有人追我，不怎么高兴，却也没有太不高兴，毕竟平安夜我们住在一起，学校外的小宾馆。我们存了一周钱，两个人合吃一份蔬菜三两饭，才够钱去开房间。为了和潘意林区分开，我后来习惯了连名带姓叫他，梁一宁，梁一宁。现在四下寂静，我叫出声来，梁一宁。

房间有回声，我们买了一套大房子。我突然想起来，今年的圣诞节已经过了。那天我做了什么？吃了螃蟹，通宵不睡，大概如此，唯有如此。

## 3

七点半，我坐六号线二期进城。人潮汹涌，车厢里有人刚吃了韭菜合子，我本来可以避开高峰期，但我太着急，走出门时雾气未散，看不清眼前的北京。这是刚开通的新线路，修了多年，拆迁后有大片瓦砾废墟，一直到梁一宁失踪前，我们也没有找到进站口。梁一宁半夜想讲鬼故事，就说："有个幽灵站台，喏，就是我们楼下那座，跟幽灵船差不多，进站台的人都会失踪。整整齐齐进去，整整齐齐不见了，过了一阵，零零星星冒出来，有的活着，有的死了，有的不知道活着还是死了，可能是鬼。"他没有讲故事的天赋，吓不住人，我只说"无聊"，打个哈欠睡了。

没有幽灵，站台就在废墟里，被几台黄色起重机遮住，进站口巨大，吞吐人群。我整整齐齐进去，一个半小时后整整齐齐从昌平线出来，后来坐到位子，我看完一本言情小说，结局不好，男主角死了，又

---

① 莎拉·寇娜的歌曲《我心中的圣诞节》。歌词大意为：明天也许暗淡，我们也许分开，但只要你今晚留下，就是我心中的圣诞节。

是都市类，不可能在番外里复活。我闷闷不乐，饶是这样，也注意到对面的男人一路看我。我打扮过，穿细高跟皮靴，化了妆，唇色鲜红，在地铁里脱掉黑色大衣，里面是绿色小翻领礼服裙，紧紧掐腰。无端端地，我希望自己今天美一点。出了地铁，坐上一辆郊区公交，车窗关不上，尘土扑面，路旁开始有人卖菜，渐渐荒凉，到了无人之地。

司机说，到了。我下车看到路旁电线杆上贴着一张纸，用圆珠笔写着："取暖费由此进。"画了个箭头，指向孤零零一栋平房。进门才发现挤满人，大都是女人，沉默着排队，前方有块黑色玻璃，开一个小窗，外面的人递钱进去，能看见里面伸出的手。

我早知道有这个地方，却昨天才查到地址。如果你把所有关键词为"黑信封"的链接看完，就能找到一个论坛。如果你细心看完所有帖子，就会发现一套在线测试题，题目很难，从柏拉图到克尔凯郭尔，再到量子物理，答题时不能另开网页搜索，限时一小时。一路做到最后，输入失踪人的名字，屏幕上就将闪出地址，像小时候玩《仙剑奇侠传》，入迷宫前屏幕上滚动提示，持续三十秒。两个月里我无数次做这套题，直到能默背正确答案，但输入"梁一宁"后总是死机，一直到昨天，一直到我收到黑信封。有趣的游戏，智力和耐心，绝望和冒险，如果真的只是游戏，梁一宁会喜欢它，他会赞赏我终于走到这一步，赞赏我答出光的波粒二象性，何为拉斐尔前派，康德的三大悬设。

房间拥挤，都是走到这一步的人。我们在沉默中互相打量，隐约生出骄傲感，隐约看不起没能走到这里的那些。可怜的人，枯坐家中，烧掉黑信封，没有下一步可走。只要有下一步可走，就还有一件事等在前头，两个月里我等着黑信封，现在我等着交取暖费。

没人知道取暖费是多少钱。没人知道取暖费到底有什么用。看完论坛每一个帖子也没有答案。我取了五万，厚厚一个信封，贴上黄色便笺纸，纸上用隶书写着梁一宁的名字。看论坛填不满两个月空荡荡的时间，深夜里我临了几十次《张迁碑》，这三个字写得有点功底。

抱着信封排队，无人说话，室内没有暖气，我还是渗出汗来。前头是一个小姑娘，穿红色毛毛虫式羽绒服，UGG雪靴，不会超过二十五岁。她在窗口前停留许久，不知道为什么装钱的信封被退了出来，我看着她脸色突然煞白，嘴唇乌乌，她沉默片刻，极慢地走出门去。人人都偷偷看她，依然无人说话，逼仄房间里，连咳嗽声都惊动天地。

我把信封推进窗口，许久没有回响，汗水骤然干燥，只觉手脚冰凉。我看见自己的灵魂，飘浮半空，惊恐地寻找任何安全之地，但肉身却定在原处，没有挪动哪怕一厘米，也许我不该穿这双靴子出门，太薄太紧，甚至塞不进一条加绒打底裤。又等了一会儿，窗口递出来一张纸条，上面用漂亮的隶书写着："下午三点，荷花市场门口广场。纸条自行处理。"

我把纸条紧紧攥在手心，茫然四顾，不知道是不是每个人都会收到它。也许上面显示的地点不一，雍和宫南门取香窗口左侧，朝内81号鬼屋正门，通州运河森林公园门口小卖铺，清华大学王国维墓碑后方小树林，诸如此类。没有人回答我的问题。我根本没有提出问题。

我捏着那张纸重新上了郊区公交，窗口依然大开，我可以撕碎它扔出窗外，但我思索良久，最后吞下了纸条。


4


水面结冰，冰车和冰鞋在烟灰色冰面上划出雾气。斜对面照例有人砸开一个角冬泳，其实游不开，十五米就得拐弯。上一个冬天，我和梁一宁来后海吃完饭，裹成两粒胖汤圆散步，他用围巾遮住大半张脸，声音瓮瓮："这哪里是冬泳，分明是在泡澡。"泡澡的人听见了，怒气冲冲往前游去。

失踪给一张没有打光的照片加上美化滤镜。我和梁一宁恋爱五年，结婚七年，琐事消磨，时常争吵，吵得激烈时，我暗地里希望过另有男人出现，让我积聚勇气，和他离婚。这种愿望真实，然而短命，和好之后，我们依然是恩爱夫妻，做爱之前，他喜欢用手指在我的大腿上写字，让我辨认他在沉默中说出的情话。现在梁一宁失踪，我们可能永远都是恩爱夫妻，一个人睡觉，皮肤渴望冰凉手指划过的声音。

　　我靠着荷花市场边的球形墩子，等鬼知道什么人，鬼知道什么事。小广场密密挨挨没有缝隙，有人随着京胡唱"我本是卧龙岗散淡的人"，诸葛亮是个白脸胖子，唱到"闲无事在敌楼我亮一亮琴音"时，假装抚琴。中间有白发老头，手持巨大毛笔，蘸水在地面上写字，写的是刘禹锡，到后面"飞入寻常百姓家"时，最前头的"朱雀桥边野草花"已经渐渐消失。一切正常，让我的不正常显得突兀而不合时宜，像在人人都安心泡澡的地方，有人摆出姿势，一定要游起泳来。

　　有男人向我招手，我左右确认，的确是向我招手。他裹成黑色汤圆，黑围巾遮住整张脸，我走到他面前才慢慢解开，我定睛看了一会儿，没有错，这是潘意林。他不再长痘，面色苍白，像毕业这十年都躲藏在一块黑色玻璃之下，个子还是高，却见了佝偻，可能再也没有打过篮球。

　　潘意林示意我沿着后海散步，我们默默往前走了一会儿，经过几十串冰糖葫芦、云朵般的棉花糖、等待油炸的蚕蛹和蝎子。在人声最喧嚣的地方，他忽然开口说："我毕业的时候考了公务员，先是做会计，现在是财务主管。"

　　我并没能把眼前这些事情完全联系起来，迟疑了一下才说："我记得，你学的是经济……你在哪里做财务主管？"

　　他不说话了。湖边有风，吹动枯败柳枝，树下有人下棋，我们停住看那盘残局，我满脑糨糊，差点没有看出连环炮。又过了一会儿，潘意林才回答："跟你说不清楚。"

"跟你说不清楚"是我的口头禅。潘意林追我的时候，偶尔夹缠不清，每隔一段会打电话来逼问我"到底为什么选梁一宁不选我"，我有点反感，就说"跟你说不清楚"，然后挂断电话。毕业前最后一次见面，我们在图书馆门前迎面走过，我觉得尴尬，他却突然拉住我，笑眯眯说："再见啦，dear miss'说不清楚'。"阳光灼人，我记得他头发反射虹彩，手里拿着一本卡夫卡的《审判》。我们在西方文学选修课上认识，第一次课潘意林恰巧坐我边上，后来他就总是坐我边上，他记牢了我用来占座那本毛概。他写情书，投到我们系的邮箱里，信里说"要是我能让你在我身边这张小沙发上坐下，拥有你，看着你的眼睛，那该多好"。见面又老老实实告诉我，抄了卡夫卡给未婚妻写的信，没抄好，忘记他身边其实没有小沙发。他是个明亮的人，外部和内心都没有阴影，起码曾经如此。

那盘棋下完了，输棋的人在石桌上拍出十块钱。我和潘意林继续往前走，我偷偷看他，试图找到潘意林的确是潘意林的证据，夕阳在脸上投出变幻光影，我只看清他鬓角有零星白发。又一段寒冷的沉默后，他说："我也结婚了，我家就在六号线上，最西边那站，东南口出来右手边的小区，进门第一栋就是，你什么时候方便就来我家吃饭。"他拿出钱包，给我看他老婆照片，其实看不清楚，模模糊糊一张白脸，头发编一根粗辫子搭在胸前，我当然说："哇，好漂亮。"

我们绕回小广场，写毛笔字的老头正打算收拾东西，潘意林快走过去，说："我也试试。"他把笔蘸透水，写了好几行我才认出那是阿赫玛托娃的诗，课堂上老师专门分析过的一首："上帝！你看哪，我已倦于复活，甚至也倦于死亡、倦于生活。拿走一切吧，但要留下这朵红玫瑰。"

潘意林在红玫瑰之后另起一行，写得更小更草，只有四个字："等我消息。"这是隆冬时分的北京，空气中没有丝毫水分，那些诗，那最后四个字，甚至潘意林本人，都消失得太快，水泥地一片空白，我疑心这些事情不过在梦里发生。

## 5

我坐在家里等潘意林消息。我不知道他会怎么告诉我消息，他没有问过我任何联系方式。手机？座机？邮箱？微信？QQ？微博私信？开心网？站在我家门外敲击摩斯密码？使用叔本华的意念？没有线索，只能枯坐等待，在家中苦学摩斯密码和各种藏头诗。不敢出门，买菜也用淘宝，每当快递员上门，我满怀期待看着他，幻想他另有身份，幻想他会左右张望，然后压低声音和我说出"消息"。

但并没有。快递员的确是快递员，在我签收后迫不及待赶往下一家。我打开纸箱，上海青就是上海青，鲈鱼肚子里没有藏纸条，花菜被我一朵朵掰开泡在水里，半个小时后也没有看出端倪。有一回的五花肉煮到一半，猛然发现上面有紫色标记，我心里一惊，连忙捞起来细看，发现是检疫印章，模模糊糊看出是"放心肉"三字，但谁知道呢，也许印章中另有被我煮掉的深意。

这块肉让我懊恼了三天，几乎吃不下东西。胃里空荡，却又燃着火，不知是什么燃料能这样一直烧下去。靠着落地窗往下望，卖水果的，卖煎饼的，修鞋的，卖豆制品的，轻霾笼罩人间，我不敢确定他们真的是他们，也许搁豆腐的木板下藏着匕首，金灿灿的湖南冰糖橙里埋有窃听器。徒手摊煎饼的天津女人，终年围一张红色米老鼠围裙，两坨红脸蛋，胡乱束着马尾，用郭德纲腔问我要不要辣条和火腿肠，谁知道呢，也许她每天七点收摊之后，梳洗一番，吹卷头发，穿闪光丝袜，进出新光天地。

过了一个月，没有"消息"。我开始慌神，用尽一切办法在网上搜索"潘意林"，搜到一个"温岭市日腾银山金银花种植专业合作社经理"，网页上留下手机，打电话过去，对方真的在卖金银花，三百斤起订。又有"巴县界石人民公社石岗管区社员"，是农村青年第一届春季生产运动会栽秧健将，首创七小时栽秧二亩六记录。没有财务主管潘意林，在黑色玻璃后面上班的潘意林，我的大学同学潘意林。

　　半夜看电视，重播某一届国际大专辩论赛。我突然想起当年潘意林参加过这个比赛，我们学校最后拿了冠军，他是三辩，决赛时的总结陈词很得好评。潘意林回到学校，在宿舍楼下找我，把奖章给我看，我有莫名得意，但装出毫不在乎的样子，说："你给我看干什么，又不关我的事。"潘意林讪讪地说："我以为你会高兴。"

　　我努力回忆了一会儿确切年份，上网搜出那次比赛的资料。冠军队有张合影，放到最大细看，三辩是一个眉目清秀的小男孩，潘意林当时也是眉目清秀的小男孩，但那绝对不是潘意林。我关上网页，敲击鼠标的滴答声吓住了自己，也许我的记忆出现了偏差，也许为了阻止我的记忆，他们修改了整个世界，但他们……他们到底是谁？

　　第二天我摸黑出门，在天津女人那里吃了煎饼，加双份辣条和火腿肠，路灯未灭，我借光仔细观察她的脸，试图找到另一张脸浮动的痕迹。六号线一路往西坐到尽头，东南口出来右手边的小区，进门第一栋。开不了门禁，也不知道门牌号，我问所有进出的人："请问潘意林住这里吗？"风吹得越发激烈，我冻僵手脚，木木站在门口，没有人回答我的问题，早上八点，谁会站在别人家门口等人？谁会没有对方手机？后来有个女人，头发编成粗粗辫子，穿酒红色羊绒大衣，我在玻璃门外看她细细搜了邮箱，就那么三十厘米见方的邮箱，看起来空空如也，她搜了怕有五分钟，才打开门禁出来，双眼红肿，嘴唇干裂。我问她："请问潘意林住这里吗？"她略微发抖，还是一言不发往前走去，我注意到她上面打扮这样正式，下面却光脚穿一双米色棉拖鞋。

重新坐上地铁，沿着上次的线路去了昌平。还是那班郊区公交，下车还是那根电线杆，上面贴着同一张纸："取暖费由此进。"沿着小巷子走到尽头，门外就听见鼎沸人声，进去看见敞亮大厅，开放式柜台，里面坐着身穿制服的年轻女人，飞快数钱，飞快盖章。我问排前面的大妈："这是干什么？"她上下打量我，说："姑娘你没毛病吧？门口不是写着么，交取暖费啊，你是不是没带现金？这里可不能刷卡，你出门往左边走，走一里地，才有提款机。价钱你知道吧？今年可是一平方米二十五了，你别取少了，要不还得重走一趟。"

我问："取暖费什么时候是在这里交了？"

大妈又反复打量我，看上去真的有点担心："嘿，姑娘你真的没病吧？这里一直就是交取暖费的啊，我都交了多少年了。你是不是头晕糊涂了？喏，人这么多，且等着吧，那边有椅子，你先坐一会儿去，我帮你排着。"

我的确头晕，就听了她的话坐在椅子上，快排到我的时候才说："哎呀，我忘记取钱了。"往外走上大路，风吹散迷雾，蓝天之下万物清晰，让这个世界有一种坦荡的悬疑。


6


梁一宁大概十点回到家。我九点五十去楼下买点生活用品，十点三十回来，地毯上整整齐齐摆着他的皮鞋，房间里有浓浓烟味，他那包软玉溪没抽完，一直放在电脑边。梁一宁躺在床上，裹住被子，紧闭双眼，拉上窗帘，房间里暗如深夜。

我换了睡衣上床，攥住被子的一角缩在床边。开始没有动静，后来他才凑过来，从后面抱住我，用手指在我大腿上写字，指尖冰凉，让皮肤爆出颗粒，我在沉默中辨认他的字迹。梁一宁对我说："我告诉过你，法定失踪是最好的一种失踪。"

梁一宁回来了，这意味着他从来没有失踪过。我们就此闭上眼睛，把世界隔绝在外，对这件事绝口不提。

皇　后

# 1

皇帝圈中我的相片是在二月十二，这日子我倒是早就知道，我和她等了又等，不过就是在等这一日。

一早起身，抬头便见皇历，那日勾陈值日，按理属凶，却偏宜订婚订盟。我望着窗外春雪不融，一时悲喜不定，只听她道："这就开始了，你莫要惊慌，往后的事情，你一一往下过就行。"

未进午膳，内务府已发来谕旨，上书："候选道轻车都尉荣源之女郭佳氏着立为皇后，候选同知端恭之女额尔德特氏着封为淑妃。"我们那时尚在天津，住在伦敦路的小洋楼里，电报比谕旨先到，父亲一见电文便动了气，我以为他是因了淑妃，往后细看，才知电文竟写错姓氏，父亲惴然道："我郭布罗氏代有闻人，文事武功，俱称于世，如今你贵为皇后，没想却成了郭佳氏。"

我郭布罗氏本是达斡尔族人，为契丹大贺氏后裔，起先我们族人住在西辽河一线，后来辽国亡了，便迁去西勒精奇里江河谷和石勒喀河河东沿岸，自那时起，族人已向努尔哈赤称臣纳贡。再往后罗刹人步步东逼，族人只得渐次南迁，越过黑龙江至嫩江一线，大清把我达斡尔人编为佐领，又设布特哈总管衙门，族人便一面屯种戍边，一面骑马出征，战功赫赫。到了雍正九年，郭布罗氏所隶的讷谟尔扎兰划归正白旗，我就此成了旗人。

这些事情，我全无兴致，父亲却反反复复讲起，每每说到兴起，便要在厅中作出拉弓之姿。嘉庆之后已无木兰秋狝，父亲便在北边置了地方，每月总要奔波三四日，带上我和润良润麒，过去骑马狩猎。那地方虽有参天大树，密密林地，但就我们这几人，已猎不到什么大兽，野兔见了狗，连怕都不知怕，倒凑上来嗅狗爪，麋鹿头上长出纷繁枝桠，在林中一闪而过。除我十岁那年见过父亲远远向一只熊射过两箭，那地方简直和御花园与景山差不多，我们总拎一串串野兔和斑鸠，回帽儿胡同的家中。家中有个厨子是川人，变着法子做兔子，兔肉自身无甚味道，需不知多少调料来配，端上来一盆盆青红辣子，大料花椒，异香扑鼻。父亲是一口都不会吃这些玩意儿的，他总觉我们达斡尔人，只应大锅煮了牛羊，撕开腿子尚带血丝，不过蘸点椒盐。父亲见我们兄妹几人颇爱四川厨子做的兔子，也不喜粗粮杂面，每日只吃精白大米饭，只叹道，康熙皇帝到了六十余岁，光是猛虎就猎过一百五十余头，到了如今，听说紫禁城里那位小皇帝，因眼神不济，连弓也没拉开过几回。小皇帝退位之后，父亲有两回喝多了，曾悄声道，爱新觉罗氏是从北边来的，怕是还要回北边去。

我总觉父亲对朝廷已谈不上什么忠心，但他读了朝廷的书，又当了朝廷的官，光绪皇帝无端暴毙，他还替朝廷监修皇陵。虽说革命之后，他已多年闲居，平日不过往返京津两地营商，但这朝廷于他，仍是有亦无用，没有却也万万不行。

这便是惯性，她在镜中对我这般说，父亲终将毁于此，但父亲是父亲，你却是你。我来了此处，便是要帮你，你挣脱了它，就能自由来去，你挣不脱，就是另一个父亲。我听不懂，她便在虚空中握了我的手，蘸了胭脂膏子，在镜上写下血红血红的 inertia。我第二日去学校问英文老师伊莎贝尔，她是生在京城的美国人，中文说得极好，父亲为公理会传教士，十几岁回美国读了卫斯理学校，又回到中国。伊莎贝尔唤我 Elizabeth，三百年前的英国女王，她道，你们皇室女子，就该叫这种名字。伊莎贝尔还低声道，Elizabeth 终身不婚，是个 virgin。我涨红了脸，心下有些不悦，想，如此不吉，伊莎贝尔真是糊涂，但我终究没改名，不管给谁写信，我都是三百年前的英国女王 Elizabeth。

伊莎贝尔见了我抄在手绢上的 inertia，沉吟半晌，找了一架景泰蓝珐琅马车过来，那马车不过半个手掌大小，四个黄铜轮子轻轻一拨，便滴溜溜悬空打转。她将马车放在八尺来长黄花梨长桌的一头，猛推一把，马车借了力，一路猛冲，桌面刚上了木油，又亮又滑，刹那便到了底，我惊叫出声，道，拦住呀，快拦住。但无人拦住，马车冲出去老远才往下坠，碎了一地蓝彩渣子，轮子骨碌四散，有一个滚到伊莎贝尔脚下，她捡起道："Elizabeth，你看到没有，这就是 inertia。"我道，"好好的一个玩意儿，就这么没了，停也停不下来"。伊莎贝尔点头，"inertia，就是停不下来"。

那时我已什么都知道了。我知道紫禁城里那个戴眼镜的小皇帝，过两年将漫不经心在我的相片上画个圈。我知道我将坐上金顶凤舆，经东华门入紫禁城，再由景运门至乾清门，凤舆将在乾清门前停留，我当在此处下轿，而乾清门前不远，便是黄金御座。最终我会去向坤宁宫东暖阁，小皇帝将在那里等着我，我跨过火盆、马鞍和苹果，以乞往后日子平安红火，但她来寻我的时候便说了，往后的日子，只有火与血，并无什么红火平安。

我也不知她是何时来的。起先我只疑心自己眼睛出了什么差错，每日早晚对镜梳妆，镜中总有虚影在我的脸上浮动，像我松松戴了一张人皮面孔。那个女子和我极像，只是神色憔悴，面容惨白，我几次想拿了粉扑子往她两颊上补胭脂膏子，但扑来扑去不过扑在自己脸上，我脸越红，越衬得她一张脸青是青白是白。我自是又惊又吓，不知应向何人道，又不知是不是惹鬼上身。但人真是奇怪，万事亦有 inertia，日子一长我不仅不怕，反和她生出绵长情谊，早晚总要在镜中见上一见，方能安心。她长得和我这般像，又言辞温柔，我渐渐疑心，这是母亲回来伴我，父亲不大愿意外面知道，我母亲生我不久便病逝，如今都以为是我母亲那位四格格，其实是我亲生母亲的姐姐。我问过她叫什么名字，她起先不答，后来才道，我可叫她郭慕鸿，我总觉这名字耳熟，也不知是不是母亲闺名，伊莎贝尔说，西洋人是可直呼父母姓名的，我便也不避讳，唤她慕鸿。

到我大婚那日，所有事情我已是了然于心，慕鸿一次次细细给我道过。她说，钦天监把奉迎礼定在壬戌年十月十三日寅时，为不误吉时，我的凤舆将提前两个时辰出发，那时正是深夜，月将满未满，如果我悄悄掀起一丝帷帘，便可见紫禁城上星光漫天，凤舆进出的东华门左右装了水月电灯，又挂了凶神恶煞的门神，以防妖魔坏此美景良辰。她还说，原本皇帝应在我头顶上方连射三箭，但大婚之日，皇帝不能戴眼镜，怕误伤于我，这三箭便免了。慕鸿冷笑一声，道，若是那日死了，倒也是个痛快死法。至于洞房那夜，慕鸿却并无多话，只淡淡道，到了那日你便知道了，天冷，半夜你让人进来给你生个手炉，莫要不好意思，莫怕宫女太监笑话，他们能有什么不知道。

如今便是那日了，天当亮未亮之时，果然寒意浸心，我在龙凤喜床上坐了许久，又抬头看了半晌那上书"日升月恒"的匾额。皇帝早就出去了，后来才听说，他和太监们玩了一夜，因养心殿中新近来了一套德国水晶家具。我很快便会知道，皇帝把这些玩意儿看得比人重，水晶家具，玳瑁眼镜，网球场，留声机，自行车。皇帝也没错，玩意儿比我和淑妃好玩，我们不是玩意儿。

未到卯时，我打算脱了礼服睡上一觉，手脚早冻僵了，起先跨过的火盆也不怎么旺。我想到慕鸿所说，高声叫人，进来四个宫女，一团稚气，也看不清模样，起先我也有点羞赧，怕她们笑话我独守空房，但她们哪里敢笑，远远就发着抖跪下了："皇后。"

我浑身一震，这两年慕鸿反反复复给我说的便是这个了，她说："他们会叫你皇后，人人都会叫你皇后，但你不要去做这皇后，你要时时记得，你是由西辽河而来的达斡尔人，你是郭布罗·婉容。"

2

淑妃容颜丑陋，性子乖戾，宫女太监们私下里都这么说，有时会故意说得大声，让我听见。起先我也不喜他们这样议论淑妃，但日子久了，我又觉他们说得没错，淑妃鼻孔确也太大了些，嘴亦外凸，一张脸笑不像笑，哭不似哭，倒是有两分像狗。我并不喜欢狗，幼时父亲携了獒带我去北边林子打猎，那藏地来的褐色大狗快和我一般高，有一回因没追上一头受伤的幼豹，它嗷嗷发怒，无端端扑向照看我的一个随从，那是个叫作苏赫巴鲁的蒙古人，长得树一般高，却两口就被獒咬住了喉咙。众人都拉开了猎枪，它灵活地避开枪子儿，毫发无伤，消失在密林中。父亲道，也好，本就不是该被人家养的东西，再这么养着倒像亵渎。苏赫巴鲁竟也没死，养了许久，再不能开口，喉咙上多了拳头大小一个疤，他也不遮不挡，伤口长出余肉，像大树上的一个暗红木瘤。我父亲进出都带着他，又给他赎了身，送去房契和妾室，父亲道，这是在獒的嘴下抢了一条命的人，谁也不能怠慢，往后就是他的义弟。父亲用不着他的时候，苏赫巴鲁便教我骑马射箭，他说不了话，一着急喉咙就呼噜呼噜，倒有几分像当年咬他的那只獒。从苏赫巴鲁那儿我才知道，有些人长着长着面容是会变的，时日一长，有些人就会越来越像狗。

自那之后，我便不大敢靠近狗，但一进宫就知道皇帝喜欢，呼啦啦养了一大群，太监宫女们如今都怠于收拾，紫禁城里一股尿味儿，走在路上也得分外小心。皇帝养的狗大倒是大，却一看就是家里的玩意儿，低头顺耳，有一只极大的德国犬，竟总跪下来舔我手心，又巴巴蹭皇帝裤脚。我是见过獒的人，心下不屑，却不知怎么，也跟着他养起这些狗来，每日傍晚牵了狗，从储秀宫往东去御花园，狗在园中拉完屎尿，我再往乾清宫折一大圈，最后总得到长春宫门口。淑妃不怎么出长春宫，但那个时辰，她总也在宫门外遛狗。

淑妃的狗都小而滑稽，常见的有两只，一只黑花脸小白狗，一只纯黑小黑狗。那只黑花脸比兔子大不了多少，却总是嗷嗷叫，一脸狠相，有一日和我撞上了，我低了身子逗它，它竟上来就是一口。两旁宫女都惊呼出声，连忙上前给我包扎，我冷笑两声，道："原来真是狗似主人形，淑妃这宫里，是连狗也不能惹。"

淑妃抱着那狗，给我行了个半个礼，道："皇后恕罪了……小白就这么个气性儿，不过别人不撩它，它也不会还口。"说罢转身进了长春宫，不一会儿又有笛声传来。淑妃喜吹笛子，长春宫内笛声婉转，有时夜半不停，那一曲我也知道，是梆子改的《黄莺亮翅》。我站在宫前听了一会儿，愈听愈发有气：什么东西，竟也想亮翅，竟自比黄莺？往后但凡夜里淑妃吹笛，我便拿出长箫，关山月，秋江夜泊，妆台秋思。我的箫是吹得很好的，但连我自己也知道，和淑妃比，总少了一股清亮舒朗之气。是箫的错，我只得这么想，夜里的日子真长啊，不管对我，还是对淑妃，不管是箫，还是笛子。紫禁城是飞不出一只黄莺的，紫禁城里只有妆台秋思。皇帝，皇帝在他乾清宫里，整夜整夜玩着他的玩意儿。

慕鸿还是日日早晚都来，浮在我的脸上，凝神看我，她看着越来越弱，像影子渐渐散去，边缘已含混不清。如今她比以往更像个鬼，我再不怕她，但也不怎么把她当回事。有时候觉得她太絮烦，我会拿了眉笔猛戳玻璃，宫女们不知道这是何意，吓得纷纷下跪，怕我又随手掌掴她们，或是叫出去给太监打板子。我确也总这么干，起先听到哀嚎，也有几分心惊，但往后很快也就惯了，我是皇后，皇后自当如此。

这一日慕鸿又来了，她瘦到似一缕烟，眼中有沉沉哀意。她道，婉容，我也知道，我早前说的话，如今你是都忘了，但我仍要再说一遍，文绣不是你的敌人，这条船早就沉了，是你们不幸，船快要入水了却被推上来，往后的日子，唯有文绣才能帮你，你若是有造化，就能和她一同跳上岸，你若是没有造化，那……那你也就是我了。她说来动容，我却听着烦心，手里一个法国来的水晶香水瓶子，想也未想就向镜子砸去，镜子不过裂了一条长缝，香水瓶子却砸得粉碎，我看见慕鸿的脸，在水雾中像水雾一样逝去。

慕鸿从不叫她淑妃。入宫前慕鸿就说，有个叫作文绣的女子，和你一般年纪，懂英文，喜音律，别人会盼着你们为敌，但你们偏偏不要为敌，你们要做朋友，做姐妹，你们要一同跳到岸上。往日我不识文绣，想着偌大一个紫禁城，多了个她，总能多个人下棋。但如今我坐在储秀宫中，想到百米之遥就是她那张丑脸，便不由恶心：就这么个东西，也配和我坐在一条船上，也配伺候皇帝。

皇帝倒是用不着我们伺候，用不着淑妃，也用不着我。皇帝自有他的乐子，养狗，骑自行车，给胡适博士打电话，在这紫禁城中，皇帝心满意足做着他的亡国之君。皇帝待我算是极好，伊莎贝尔如今每日下午入宫给我上课，每月从内务府领四百大洋，听说这钱够买两百袋洋面。皇帝那时的英文老师已是庄士敦，伊莎贝尔和他也熟，二人时常带洋人进宫。起先内务府的人和陈宝琛还在一旁陪从招待，后来我们总故意说英文，他们也就懒得在一旁敷衍应酬。我渐渐发现，不管是我还是皇帝，和洋人在一起时我们倒是更为自在，洋人不会哭着跪着要皇帝"再图大业"，也不会留意我整晚整晚未能侍寝。洋人觉得皇帝时髦而文明，而我是倾城倾国的东方佳人，庄士敦亲口说过这词，"皇后容颜绝世，倾国倾城"，他甚为得意，却不知我心中一沉，倾国倾城的是褒姒和苏妲己，可不就是该配亡国之君。

庄士敦也给皇帝起了个洋名，叫作亨利。伊莎贝尔又私下说，西洋倒是有好多皇帝叫过亨利，最有名那个是亨利八世。我便总缠着她问亨利八世，伊莎贝尔今日说一点，明日又说一点，我一点点凑拢起来，便知亨利八世为休妻另娶，还与教宗反目，熬到最后伊莎贝尔才说，亨利八世娶了六位妻子，砍了当中两个的头。我便神神鬼鬼，疑心这个亨利也会休我，又疑心他会砍我的脑袋。其实慕鸿都告诉过我了，往后这二十年，我从始至终都是皇后，淑妃却不会一直是淑妃。慕鸿说这话时，分明有沉痛之意，但我想起这话，却只感安心。

最后一次见到慕鸿的脸，是我们被赶出紫禁城那日。皇上正在我的储秀宫里，天凉，屋里起着火盆，庄士敦前一日从外头带了半筐苹果，宫里头自然不会少了这些果子，但皇上和我总觉得外头的果子更脆更甜。"这果子好，赶明儿咱们也出去买。"皇上说。他爱说这些话，我也爱听，咱们，赶明儿，出去。没等到赶明儿，不过那日下午，皇上在文件上签了字，鹿钟麟的士兵这就把我们押送出宫，一共五辆车，鹿钟麟坐头辆，皇上坐第二辆，我和淑妃坐了第三辆。车刚出紫禁城，我不由拿出法兰西人送的粉盒，想补一补妆容，一翻开就见到慕鸿，还是那张脸，脸白到近乎发青，她难得笑起来，道，往后你就不是紫禁城里的皇后了，你这就算出来了，你可得好生小心，既是出来了，就别再回去。我心里烦得慌，拿扑子猛戳她的眼，道，谁要你管。淑妃坐在一旁，我们本是一句话也没有的，此时她也不禁好奇，忍不住问，你这是在跟谁说话？我听了这话，怒气上涌，又拿粉扑子往淑妃脸上戳，谁跟你你你你的，我是爱新觉罗家的皇后，你算个什么玩意儿？

淑妃想也未想，伸手就揪我耳上一对玉坠子，我们打了一路，待车行到醇亲王府，二人都气得不得了，那粉盒子不知掉在哪里，从那日起，我便再未见过慕鸿。我少有想到她，倒是惦记我们落在储秀宫的半筐苹果，怕火盆烤着蔫了，我早早让宫女把竹筐放在我的床下，果子烂起来是很快的，兵荒马乱的，有谁会在乎半筐烂苹果呢。我总想着，往后若是再有个皇后，再住进储秀宫，那她就得睡在我的烂苹果上头，苹果哪怕烂成水也还在那里，天长地久地在那里。

但往后再没有皇后了，我是最后一个，天长地久到我这里就算到了尽头。若是这么想起来，倒是令人自得，我虽出了紫禁城，却永永远远是紫禁城的皇后。

3

我们在天津先住张园，后来又搬去一里多外的静园。张园就那么十七八亩地，三层洋房，楼上睡觉，楼下就得用餐，皇帝和我住二楼，淑妃住楼下会客大厅南边一间小屋。这房子小到简直像个笑话，静园更小，但既是出了紫禁城，哪里就都这么大点儿地方。我也是那时候才想明白，以往总想皇帝带我出宫玩儿，但这茫茫天下，并没有大过一座宫殿。皇帝倒是很快想通了，痛痛快快做着他的亡国之君，英格兰订了家具，意大利买来钢琴，地上铺满一张又一张法国地毯。如今没有出宫这一说了，皇帝带着我整日整日出去兜风，外头有多少好东西呀，冰激凌，刨冰，奶油栗子粉，璎璎珞珞的水晶吊灯，拼成菱形的跳舞地板，玻璃花窗上画了圣母玛利亚，耶稣小小的，赤着身子，被抱在怀里，我在教会学校读的书，自然知道，玛利亚是个 virgin。我们在舞厅里旋转又旋转，我长裙拖地，他楚楚衣冠，在明处，我们是璧人中的璧人，至于暗处，我们没有暗处。圆舞曲停下来，我凝视花窗，耶稣胖胖脚丫，让人忍不住隔空想捏上一捏，上帝让玛利亚怀上了小孩，那我也快了吧，眼前的人不是天子吗？上天的儿子，那和耶稣有什么区别？

我没怀上孩子，自然是怀不上的。皇帝对我有愧，更变着法子折磨淑妃，他是此中高手，不打不骂，像一把刀，全刀都入了肉，刀柄在肉身里旋转翻腾，外头却是一点也瞧不出端倪。我就这么眼睁睁看着淑妃内里左一刀右一刀，她慢慢萎下去，起先像个影子，后来连影子也散了。我们隔三岔五找利顺德订洋饭，面包夹火腿一大盘，面包夹肠子又一大盘，我只喝刚开瓶的香槟，因为那时候才有上涌的气泡，一瓶香槟，就喝那么一杯，剩下的便倒在院中鱼池里。锦鲤喝多了，先是在池中翻滚，然后便一池一池地死去，但这又算什么呢，死了一池，便再买一池换上，不过都是些玩意儿。淑妃如今连玩意儿也算不上了，皇帝不玩儿她，她起先还像个影子，往后连影子也散了。我深夜里想到这个，会不由笑出来，笑声在房内飘来荡去，竟似鬼音，在紫禁城里一切还没那么明显，如今房子小了，鬼便无处藏身，不过鬼也长了志气，不愿藏了，慕鸿她人是不来了，但她的声音仍时不时回来，也在房中飘来荡去，倒像她活了过来，而我成了鬼。我笑完之后，慕鸿会叹口气，道：婉容，你的时间可是不多了。我动了气，想撕她的嘴：皇后，叫我皇后！慕鸿又道：也不都怪你，淑妃运气好，皇帝不喜欢她，把她扔了。我冷笑起来：这叫运气好？慕鸿想也未想，道：这运气可是好极了，往后，往后你就知道了。

　　往后？往后淑妃由妹妹陪着，离了静园，再往后她离了婚。这当中有过千头万绪，她一开始也哭也闹，还想要皇帝每个星期去陪她一回，她也知道，要说心，皇帝是没有的了，我们争来夺去，不过要个白日里的肉身。夜里，夜里我们都知道是怎么回事，诉状里淑妃不也写了，"九年以来，不与同居"。那些小报就更写得赤裸明白，"事帝九年，未蒙一幸，孤衾独抱，愁泪暗流"。当中慕鸿又来过几次，都在夜里，就是那些"孤衾独抱，愁泪暗流"的时刻。皇帝如今隔得近了，就在隔壁，夜里能听到他独自一人，跟着西洋唱片在房中跳舞，他跳一整夜，我听一整夜。慕鸿的声音穿过华尔兹而来，华尔兹轻松、愉快，好像人生就是旋转，一直旋转，但慕鸿的声音让人停下来，她说，除了如此，你就没想过，你还有别的事情可做，有别的路可走？你就没想过，文绣这是在帮你？但我那时候整夜整夜咬着牙，道：她走得干干净净，才是帮我。她若是死了，才是帮到底。华尔兹的声音又变得明确，慕鸿却恍惚摇曳，像在耳边，又像走远了，她道，原来还是这样，原来不会有什么不同。慕鸿啊，原来是你一厢情愿，再来一次，她仍是这样选。

淑妃就这么回到了文绣，拿着皇帝给她的五万五千银元，她承诺终身不得再嫁，"双方互不损害名誉"。九月十三日，京津沪的大报小报上都登了"上谕"："淑妃擅离行辕，显违祖制，撤去原封位号，废为庶人，钦此。"我买了上百份报纸，反反复复看这二十几个字，把"废为庶人"四字一份一份用皇帝的朱笔圈起来。多少年了，我没有这般畅快过，我甚至没有想过，如今皇帝颁个"上谕"，是得花钱的，要提前"接洽业务"，登在广告版上，我只觉得全天下都看到了这几个字：废为庶人，废为庶人，废为庶人。

全天下却并没有关心我的快乐，全天下关心的事情可多着呢。五日之后，日本人炮轰北大营，由此占了沈阳，皇帝这几年和日本人走得近，我素来不甚喜欢，但说到底，我喜欢什么，不喜欢什么，从来也没有重要过，皇帝就是皇帝，永远做着皇帝的梦，真正的皇帝，可以不花钱颁发真正上谕那种。而我，淑妃是我最后一个梦，从今往后，我的梦长在皇帝的梦里。

皇帝在第二年一月先去了东北，我们在旅顺团聚，三月终抵长春。他的梦越来越近了，日本人以枪抵头，让他把梦做下去，那些日子我时常想到父亲说，爱新觉罗氏是从北边来的，怕是还要回北边去。日本人不再让我出门，连侍女都是日本女子，我日日夜夜困在爱新觉罗的梦里，我恍惚想起，有人跟我说过，我应当时时记得，我是由西辽河而来的达斡尔人，我是郭布罗·婉容。那人是谁呢？我烧了一个烟泡，又烧了一个烟泡，这些事情原本是下人做的，但如今四周白茫茫一片，像长春冬日的原野，怎么过也过不到尽头，若是连烟泡他们都替我烧了，我还有何事可做呢？上好的生鸦片膏子，烧出金黄色烟泡，将破未破之时，用银针挑起，抹在烟斗上，我吸一口，那人是谁呢？我再吸一口，慢慢往塌上软了下去，我先是忘了答案，继而忘了问题。

在紫禁城里我就吸过益寿膏，起先是治病，郭布罗家几代都有这病，总见着别人见不着的人，听着别人听不见的话，父亲也吸这个，他们都说，吸一点当药，没什么大事。皇帝虽不高兴，但既然是药，也不过睁一只眼闭一只眼，后来他反倒日常劝我多来几口，有时候高兴起来，还会亲手给我烧两个烟泡。皇帝对我倒是确也有情，他做不到的事情，他就冀望于益寿膏能做到，淑妃走了，这地方出不得第二个淑妃。

益寿膏里的日月是另一轮日月，到了长春，我连床也很少下去，分明是无穷无尽的时间，一烧起来竟也就快了。我不见人，却整日整日做旗袍，那些料子美极了，青地织金花、绿法国柳条毛葛、青纱地红花丝绒、白地印红花玻璃纱、浅黄色乔其纱……衣服做好了，一次也没有上过身，挂在衣柜里。在上一顿烟和下一顿烟之间，我有时候会让人把柜子打开，再美的衣服也就这般荒废了，今年做好，明年就过了时，后年就会有虫子蛀了衣角裙裾。我看着它们，心里涌出一股痛快之意，撕条裙子有什么意思，要让它美，越美越好，再让它荒在那里，永生永世荒在那里，这才有意思呢。

皇帝又当上皇帝那日，穿的是特意从北京取回的龙袍龙冠，我早早备下锦袍，又找出蒙尘凤冠，上头有十二支凤凰，皇后本应戴十三支，但我们几经迁居，有支凤凰不知道去了哪里。日本人没让我参加大典，据说因我父亲经过商，"非出自高贵"，日本人这样说，皇帝辩也未辩，就这样听了。礼乐齐鸣之时，我正穿着日本袍子，在床上吃烟，白雾缠绕而上，像一只凤凰，但飞得越高，就越没了形，我吃吃笑起来，让人开了窗户，那早辨不出模样的凤凰，便往外飞去。我后来找来工匠，凑了些上好东珠做了一支凤凰，装回凤冠上，十三支凤凰齐齐整整，那凤冠我再也没有戴过，但我一直是皇后，一直到死。

4

那是个女孩。没人跟我说过，但我心里知道，那是个女孩。郭布罗家的女孩，生来便满头黑发，弯弯眉形，等过几日，定能睁开一双黑漆漆的杏核眼。我很多年后才意识到，她没能睁开眼。生了五六个时辰也没有生出来，接生嬷嬷在一旁急得不行，张腿，张腿，张腿啊皇后，我偏偏夹着腿，孩子的头出来一半，也没有哭声，眼看就要死在我的两腿之间。我不想她出来，小时候父亲给我讲汉人的故事，老子的母亲怀胎九九八十一月，最终在一株李树下生下他，于是指树为姓。女孩在我肚子里那十个月，我是连房间也出不去了，一株柿子树长到窗前，最后的日子里结出累累血红果实，柿子涩而极苦，我却每日摘一个当点心吃，我想，她若是也在我肚子里待九九八十一个月就好了，她在我肚子里一日，我就能护住她一日。

我不想她出来，但她偏偏想出来，我拼命夹住，她拼命挣脱，我终于松了劲儿，她就这样坠了地，我听人说，她活了半个多时辰。皇帝问过我，孩子姓什么？我吃着柿子，头也不抬，说，石吧，就姓石好了。侍卫中没人姓石，倒有个姓施，皇帝便胡乱把那人拉去杀了头，算是多少有个交待。

皇帝倒没杀我，他说，我也知你心有悔意。我笑出声来，后悔？皇帝，我可从来没有后悔，我痛快极啦，你不懂的，你一辈子也不知道那种痛快。皇帝拂袖而去，他再没有回来，他想休了我，但日本人不许，他就没有法子，只能让我留下来。他做他的囚徒，我做我的，我们谁都没有痛痛快快活过啊，但我好歹在床上快活过，再没什么人来我屋子，我吸足了烟，就一个人在床上翻滚，反反复复回忆那些男人，一个又一个。我倒是很少想到那个女孩，女孩能有什么可想的呢，她早早死了，说不准也是一种福分，她若是长得美，从小就会被人夸赞"模样这么美，长大了难不成要进宫当皇后"，那她不就成了我。

慕鸿回来了，如今我连镜子也不照，她就在水杯里头闪烁虚影，有时候一管烟抽到最后，雾气会慢慢聚成她的脸，我就仰头和她说话，一直说到她散去。她也快死了，惨白一张脸，我终能看清楚，她不是我的母亲，她分明就是我。她曾经有过冀望，冀望沿着来路提醒，我就能变成另一个我，但我没有，她失望过，疯癫过，挣扎过，和我一般快活过，她没有怪我，这条路她都走过，她也没有变成另一个我，这原来是这般难，我们都小看了它，小看了 inertia。

皇帝不会再来了，他们偶尔给我送几张报纸，我在报纸上看见皇帝的脸，他脸上分明浮动着另一个影子，也有人来找他了吧，他也听见了那些催促。我读到文绣的消息，她住小院里，就两间小屋，穿一身蓝布旧旗袍，她洗衣、做饭、买粮、买煤，还在路边摆摊卖烟呢。我深深吸了一口烟，快活地吐出烟圈儿，原来这就是她要的日子了，我可不要，我缓缓躺了下去，我是这房里的皇后。

艳光四射动物园

# 1　苏卡达龟

苏卡达龟（学名：Geochelone sulcata）是一种活动性十分强的陆龟。背甲隆起，头顶具对称大鳞，头骨较短，背腹甲通过甲桥以骨缝牢固连结。四肢粗壮，圆柱形。具爪无蹼，无臭腺。生活在炎热干旱的地区。植食性。分布在撒哈拉沙漠的南部边缘，塞内加尔、尼日尔、乍得、苏丹、埃塞俄比亚等国。

龟总是我的第一站。九点，动物园开了门，王一帆坐在门口，用一个蜂窝煤炉子煮牛肉抄手，二十个抄手，分五个给龟，龟慢慢伸出一个小头，慢慢把抄手皮撕开。龟有自己的想法，不吃面食，只吃肉馅儿，猪肉馅也不吃，只吃牛羊肉。王一帆说，苏丹来的，比较清真。我拿出二十块钱买票，王一帆不张我，我就自己放钱，自己取票，自己撕票进门。说是进门，不过是放了两张塑料板凳，开门就把板凳搬开。

我搬开板凳，坐下来看龟。龟十多岁了，怕有半米长，龟壳温润如玉，莹莹有光，王一帆说，盘出来的，天天摸天天摸。我笑起来，别个都盘核桃，只有你盘乌龟。王一帆也笑，我儿子哒，龟儿子。王一帆三年前把动物园承包下来，前老板给他留了一只老虎，一头狮子，一头熊，三只鸵鸟，四只袋鼠，一个小熊猫，七八个猴，还有零零散散一些雀儿。王一帆说，他想要个龟。前老板说，龟？哪个来动物园看龟哦？龟有啥子看头？王一帆说，有个龟嘛，动物园就会长长久久。前老板为了签合同，就搞来了这个龟，说是正宗苏丹进口，但王一帆判断，应该只是祖籍。我问他咋子晓得，王一帆说，就是一种直觉，应该是个四川龟，很 local。

三年了，动物们都还在，但都老了一头。亚洲黑熊头上有块秃斑，王一帆两次试图给熊涂生姜水未遂，只能眼睁睁看着它越秃越凶。东北虎咬大骨头磕掉半颗牙，伤了自尊，往后就更爱吃净肉。非洲狮搞不清楚岁数，患上风湿，一到阴雨天就哀哀叫，王一帆问我，不晓得狮子能不能贴膏药？猴子看不出年岁，但爬猴山爬到一半都在喘气，坐在石头上，用爪爪儿给自己扇风。只有龟还是那样，不知有汉，无论魏晋，该吃牛肉抄手，就伸出个头吃牛肉抄手。王一帆和龟一起吃完抄手，提了两个水红色塑料桶，一个个笼子往下送早饭，吃草的还好点，饱还是能管饱，吃肉的就越来越听天由命。动物园的雀儿如今少了一半，我有一次在狮笼里发现一根锦鸡尾羽，王一帆唯唯诺诺：偶尔还是要打个牙祭哒，雀儿也老了，也差不多了。

打不上牙祭的时候，王一帆就开着他的二手宝来往乡下走一走。莲花白和青菜长了虫，一窝窝烂在路边，但剥下两层还能用。瘦津津的红萝卜，锄头挖伤了的红苔洋芋，癞癞疙疙的苞谷……只要敢出手，漫山遍野都是植食动物的食堂。王一帆出手是出手了，心头还是虚，时不时放十块钱在田埂头。我就心头不虚，一口袋一口袋往动物园运送血橙和龙都香柚，果树都是十几年前种下的，农民们出去打工，就荒在路边，四川这种地方，树也争气，像一个个力争上游的留守儿童。血橙一刀下去鲜血直流，龙都香柚甜而化渣，我和猴都喜欢，我吃了半个柚子，猴也吃了，齐齐看着王一帆往老虎和狮子的笼子里扔鸡。三四斤的公鸡，一边半只，鸡头归狮子，鸡冠归老虎。两边都吃了大半年淋巴肉，陡然见到新新鲜鲜一只鸡，当场愣住，哪个都没敢轻举妄动。我问王一帆，都啥子时候了，你咋还有鸡呢？王一帆含含糊糊说，乡下撞到的，野鸡，没得人要的那种。我笑起来，王一帆，你进步了哦，扯谎俩白，耳朵都不红咯。

五月重逢的时候，王一帆的耳朵倒是红了红。2022年5月，彩灯公园没有彩灯，零零星星散着几个游客，管游乐场的嬢嬢坐在大象滑滑梯的长鼻子底下吃盒饭，绕过滑滑梯，我恍惚记得动物园要往山上走，斜坡两旁一团团开着绣球，煤球一般的小野猫在绣球中扑打蝴蝶，像镰仓或者什么与之类似的远方。我最后一次出国是去了镰仓，和宁潇在镰仓大佛下吃金枪鱼饭团，快吃完了宁潇才想起来，说，完球了，这算不算亵渎，你说我们会不会倒霉？往后大家都倒了霉，我和宁潇很久没见了，他和镰仓都渐渐变成一种意象，代表那些因为太过不值一提，而从我手中坠落的生活。

"自贡动物园"五个字由彩灯扎成，自贡灯会搬去彩灯大世界之后，废弃的灯组堆在后山，因为运走也要花钱，于是就一直在那里，王一帆一定在这个彩灯们的乱葬岗上花了很多个晚上，才能精确选出每一个还能闪烁的灯球。我那天去得晚，灯已经亮了，流光溢彩，有一个霓虹球欢快地旋转，地上闪烁七彩光斑，像动物们的漠河舞厅，两只拇指猴没被关笼子里，在动物园大门口快乐地转起了圈圈。我正津津有味看着，突然有人大喊一声：袁冬冬！冬冬儿！我一转身，看见一个汗津津的中年男人，穿一条花花浪浪的沙滩裤，手里捧着一个锅盔夹凉皮，那凉皮看着辣极了，我不由舔了一下嘴唇，男人笑起来：袁冬冬，王一帆，我是王一帆哒。

我想了一会儿才想起来，日！王一帆！三十五岁，我和王一帆认识了三十二个年头。幼儿园和小学我们都是同班同学，幼儿园王一帆一直穿开裆裤，小学王一帆跳沙坑因为跳出沙坑太远崴了脚，初中开始分尖子班，我进去了而王一帆没有，往后是中考，我读了高中而王一帆没有，再往后我读了大学，王一帆自然没有。我们走了一种理直气壮的分岔路，像开裆裤的两个裤脚。我不清楚王一帆的去向，实话实说，我从来没有想起过王一帆，但如今一个栩栩如生的王一帆就站在面前：身高一米七左右，体重七十五公斤上下，毛发浓密，体格健壮，离异有一子，归女方抚养，有房剩少量贷款，有车无贷，无存款，私营业主。

濒临破产的私营业主王一帆给我看他儿子照片，一个小胖墩儿，穿着阿根廷十号球衣，在球场上苦苦奔波。我说，你亲儿子都不是龟儿子哒。王一帆说，很久没见到了，他妈在成都。我说，成都，两个小时的事情。王一帆说，走不开，事情太多了。

除了喂饭，动物园什么事情都没有。王一帆把动物园盘过来是疫情第一年，先关了大半年，局势最紧张的时候，网上都在讨论要不要扑杀动物，王一帆精神高度紧张，一度试图给园里的哺乳动物都戴上口罩。太艰难了，王一帆说。老虎咋子戴哦？我问。戴不上去，但做了还是做了的，扯了两床铺盖，买了几十米松紧带。第二年好一些，自贡来了个台湾网红，十万加的公众号里拍到大象滑滑梯，彩灯公园就这样红过几个月，大家抱着来都来了的心情，花二十块钱买动物园的票，看蔫叽叽的狮子和老虎，不怎么灵活的金丝猴，掉了毛的红腹锦鸡，小红书上有不少王一帆的龟儿子慢吞吞吃抄手的视频。彩灯招牌就是那段时间里拣齐的，灯泡也不是一次到位，"自贡动物园"几个字，分批分次闪了起来。王一帆说，烤肠一天卖一百多根，一时间我以为我要翻身了哦。我问，后来呢？王一帆说，后来？后来就今年了哒。

2022 年了，大家都没翻身，都有好深就陷了好深，彩灯亮是亮着，但为了省电每天只亮二十分钟。和王一帆重逢的时候，我三个月没发过工资，第一个月老板说拖一拖，第二个月老板似乎去了泰国，工作群死一般沉默，等到第三个月，我把北京的房子退了租，回到自贡。王一帆没问我在北京到底是干什么的，我也没问过他在动物园之前还搞过什么事业，反正目前情况就这么个情况，两个幼儿园同学，一天到黑在动物园门口坐着，有时候下午会有几个生意，卖掉几根烤肠，更多的时候我们一人一把藤椅刷手机。王一帆甚至专门装了个宽带，动物园内全覆盖。有时候我刷累了，走进去看看熊，王一帆会给我拨视频，让熊也看看他，隔着笼子，熊很困惑，也很兴奋，呜呜挥手，自己拍自己胸口。王一帆笑起来，你瓜娃子又不是个猩猩儿！园里没有猩猩，也没有孔雀，王一帆深感遗憾，他觉得没有这两个东西，动物园就显得不是很上档次。我有点震惊，又有点佩服，原来到了今时今日，王一帆还在想，这个动物园呢，还是要上点档次！

九月到了，动物园并没能上什么档次，王一帆翻着收款信息说，狗日的都以为触了底，哪个晓得耗儿还会打地洞！地洞越打越深，暑气迟迟不散，王一帆给苏卡达龟准备了一个翠绿色澡盆，龟就一直泡在水里。我们原本指望热成这样，哺乳动物们都能没什么胃口，但王一帆给大家削减饭量的第三天，老虎一见他就愤怒地拍栏杆，熊不肯过来拍视频，一直气呼呼对墙坐着，露出后脑勺巨大的秃斑，狮子大概中了暑，一直在打摆子，我熬了一大锅金银花，每个笼子放一盆。

大家都不喝我的金银花，打摆子的狮子不喝，王一帆也不喝。好几天了，他吃得比龟还少，脾气比拍墙的老虎还暴躁，我这才发现，王一帆瘦得脸都凹了下去，头发许久不剪，用我的橡皮筋扎一个马尾。他潦草地剃着胡子，潦草地穿着衣服，潦草而凶猛地抽烟，这让他看上去倒是有了点和自贡格格不入的艺术感。天黑了，地面蒸腾氤氲热气，笼罩万般生灵，生灵们饿了，此起彼伏地寻找王一帆，动物园在茫茫黑夜中像一艘简陋的诺亚方舟。

王一帆呢？王一帆开了灯，"自贡动物园"在蓬蓬热气中闪烁，王一帆站在灯下，潇洒地把一碗金银花一饮而尽，说，不得行！这样下去不得行！我大概和狮子一样中了暑，打着摆子，又冷又热，我说：没得办法的，大家都这样了，都不得行。我也喝了一碗金银花，眼前一阵眩晕，我不由重复：没得办法的。

王一帆打了水，准备给苏卡达龟煮抄手，他说，老子不信，你给老子等斗。

## 2  北美浣熊

北美浣熊，属哺乳纲食肉目浣熊科。源自北美洲。前爪上有一层角质层，有时候需要浸在水里使其软化来提高灵敏度，所以看起来就像是在把食物或者其他物品清洗干净，故名浣熊。浣熊通常重 5.5 到 9.5 公斤，但有记载的最重的可达 28 公斤，浣熊一般只能生活几年，野生的已知最长寿命为 12 年。

八角八岁了，体重 15 公斤，老态龙钟而胖墩墩的一只小浣熊。王一帆总说，八角怕是差不多要走了哦。说了半年，八角又胖三斤，缩成一团，已经是一个让人难以忽视的球。盛夏抵达顶点那几天，八角泡在乌糟糟的水池里一动不动，每天早上我们都以为它已经过去了，但每当王一帆切开一个癞癞疙疙的苹果，那股和尿骚粪臭格格不入的清香顽强地散开，一个胖球缓缓慢慢舒展，八角就又顽强地睁开了眼。

八角是王一帆这里唯一有名字的动物，别的龟就是龟，熊就是熊。王一帆和老虎打招呼：老虎儿！我说：这是不是有点没礼貌哦？王一帆就又喊：老虎儿，吃饭咯！但八角就是八角，它到王一帆手上时就是八角，王一帆说，八角之前是一个老板养在家里的，"狗日的住的是别墅"。后来别墅和八角一起被法拍，拍卖时写得很清楚，"北美浣熊，名八角，五岁，体重十公斤，性情温和，喜食苹果"。王一帆想住别墅，长期关注法拍信息，但那些起拍价和他还隔了帽子坡远，王一帆长期为此悲愤难平，他在此种悲愤中拍下自己唯一能负担的东西：八角。又因为有了八角，王一帆决定倾其所有，盘下自贡动物园，整个链条完整而荒谬。和王一帆重逢之后，我总说：你是不是脑壳有包？王一帆不说话，低头拣一筐烂苹果，烂掉的部分削掉，总能剩大半个好的，八角无所事事，懒洋洋爬在假山上视察自己的苹果。那时候还是初夏，动物园里的一切都有一种懒洋洋的希望，老虎是这样，熊是这样，八角是这样，我和王一帆也是这样。

和王一帆重逢之后，我一度以为我们会碰撞出一点什么，哪怕只是肉体层面而言。我翻出幼儿园和小学的照片，王一帆因为从来没有得到过任何关注，总是只能被安排到露出半个头。半个头，毛发极密，除此之外就是一团糊涂，王一帆就是这样，四十岁了，对大部分人来说始终是一团糊涂。而我总被安排到最正中，涂极红的红脸蛋和极红的红嘴唇，手里抱一束花里胡哨的塑料花，脸上浮荡着一种太明白自己是谁的骄傲和严肃。现在我的脸大概不一样了吧，我不大清楚，事到如今，我有点不忍仔细看自己的脸，我看着照片里漂漂亮亮的小幺妹，有一种揪心的愧疚。

王一帆说，你啊，就和八角差不多。我说，啥子意思？王一帆继续削苹果，能有啥子意思？以前住别墅，现在啃我的烂苹果。

这句话听起来有点暧昧，我们心里都一清二楚。初夏，风是痒丝丝的风，雨是痒丝丝的雨，连金丝猴和隔壁小熊猫看上去都有点暧暧昧昧，何况王一帆和我。我相信这件事我们都反复想过，并且都做出了暧昧而明确的行动，我整日整日泡在动物园里，化隐秘的妆，穿以防万一的蕾丝内衣，在人字拖里偷偷涂了红指甲。王一帆呢？王一帆一直冲澡，他毛发重，总有股味儿，园里没有热水器，他接了长长的水管，躲到黄桷树后面猛冲一通，一天冲个五六次，这让他和黄桷树看着都湿漉漉的，黄桷树绿得发氲，滴滴答答，像王一帆和我的心。有那么几次，在我的红指甲还没有脱落、而王一帆又恰好刮了胡子的时候，我认为我们都在反复观察和对比地点：门卫室有一张折叠床，王一帆一个人躺上面打王者荣耀也嘎吱作响。猴山后面有一个临时搭建的小板房，王一帆买了三个二手冰柜，堆满了冻得梆硬的鸡肉和肥膘，狮子爱吃肥膘，一斤膘抵两斤肉，那地方凉快倒是凉快，但地上没有硬化，连个能顺利躺下的地方都没有。除此之外，在八角的笼子和公园围墙之间，恰好有一块空地，王一帆有时候会放上野餐垫，和八角相对啃苹果。我们大概都认为那地方最合适，凉快，隐秘，适合杀人，放火，以及开展火热的性生活。但我们一直都没有开展起来，一次也没有。那块飞地孤零零的，王一帆后来在公园里拣了烂桌子烂藤椅，两个人没有什么活动可以开展，斗地主也斗不起来，我们就在那里打跑得快，两块钱一盘，晌午，大家都睡了，动物园里鼾声四起，而我们在为了二十块钱输赢，拼得浑身是汗。

过了七月，王一帆不再疯狂冲澡，我换回了肉色纯棉高腰内裤，我们都自由了，成为干干净净的革命战友。我们一定在打一场什么仗，在挫败、琐碎与虚空中与什么缠斗，但我们都有些糊涂，用王一帆的话说，妈耶，这两年到底是在整啥子哦整，搞球不清楚。搞不清楚就不搞了，王一帆非常实在，我有时候会想，太实在了，不好意思搞。

王一帆终于去成都看了一次儿子，回来后那两天沉默不言，自己说是出高速做核酸，捅太狠了，喉咙痛得厉害。但王一帆一根接一根地抽烟，躲在黄桷树后面。那里有个半人高的土地庙，大概是当年修园子惊动了什么东西，工人们临时用破砖碎瓦起了个庙，里面供着现烧出来的土地。土地矮墩墩的，披着半新不旧的红绸，仔细一看是红领巾，王一帆说过，那是他儿子没带走的。

我从冰柜里拿出十五斤的大西瓜，一切为二，放把汤勺，若无其事叫，王一帆，吃西瓜！王一帆从黄桷树后面露出一个毛茸茸的头，若无其事地说，晓得了。他过来吃西瓜，带着八角，八角也蔫，见到西瓜略微振奋，我说，咋子办，一个瓜，只切了两半。王一帆说，没关系，我一勺它一勺。

半个西瓜见了底，八角把头埋进去喝西瓜汤，龟也来了，等着啃西瓜皮，王一帆呆呆看着它们，突然问，你是一直没有结婚的说？

我掰了西瓜皮喂龟，龟窸窸窣窣啃起来。是啊，一直没有。

连接近都没有稍微接近过啊？

我想到宁潇，以及更多名字，到了如今他们不过是一团糊涂，但一个事实无比清晰地在他们脸上浮动：没有，都差了帽子坡远。

一辈子都一团糊涂的王一帆露出钦佩神情：到底咋子做到的哦？还是有点难哦！

搞球不清楚，自然而然就做到了。

八角吃完西瓜，自己回笼子里缩起来，龟还在啃西瓜皮，这么大的西瓜，足够龟啃一整天。呆呆看了许久龟，王一帆突然说，好想去住方舱哦。

我吓一跳：你核酸出来了啊？

王一帆打开手机，给我看斗大一个"阴性"：你晓不晓得自贡的方舱在哪儿？

哪儿？

东锅厂。

我想了想：东锅厂食堂的燕窝丝好吃，你晓不晓得？才两块钱一个。

王一帆闷闷地：我咋不晓得呢，东锅厂食堂就是我承包的。

我相当震惊：后来呢？

王一帆还是看龟：后来？后来东锅厂倒闭了哒。

现在就建了方舱？

现在就建了方舱。

我们都不说话了，好像这些话语中隐藏了我们完全无法与之对抗的力量。不说就能躲过去了吧，躲不过一世，躲过了一时也是好的，我们大概都这样想。

王一帆往后还时不时会提到东锅厂的方舱。在自贡零零星星出现病例的时候，在他被划为"特殊从业人员"需要七天做一次核酸的时候，在烤肠转了一天也没卖出去的时候，他就会叼着一根出了好几轮油的烤肠：狗日的好想去住方舱哦，你看里头的人都在跳广场舞。

我提醒他：那是上海。

王一帆也不管，咬下百分百淀粉肠：狗日的好想去方舱跳广场舞哦。

我们过了很久才知道，原来东锅厂那个方舱从来没有启用过，自贡的病例数始终没有到启动方舱的标准，它只是在建好后就在那里，无所事事，一直等待，就像惴惴不安的我们。王一帆畅想过，要是他进了方舱，除了跳广场舞，他还可以把食堂盘活，继续卖两块钱一个的燕窝丝。

啥子设备都是全的，老子买两袋灰面就能开始干。王一帆说。

这就是王一帆，他永远相信，一切都来得及，我们随时可以开始干。

## 3　蓝孔雀

蓝孔雀（学名：Pavo cristatus），又名印度孔雀，属于鸡形目雉科，是孔雀属两种孔雀之一。蓝孔雀主要产于巴基斯坦、印度和斯里兰卡，是印度的国鸟。孔雀可能是人类饲养的最早的观赏鸟类，它们是留鸟。今天世界各地均有孔雀被饲养。

孔雀是十月中旬买回来的，王一帆的意思本来是赶上十一长假，还能带点流量，但卖家突然说西双版纳有疫情，物流断了。我没想到王一帆买个孔雀也要讲究西双版纳，王一帆没想到孔雀也要走物流，我们都没想到还有个词叫"静默"。物流静默了两周，拖到长假之后，孔雀来了，凤仪万千，蓝中带绿，绿中有蓝。长假八天，动物园净收入三千二百八，孔雀花了一千三，卖家的意思是加三百，就再送个笼子。但王一帆说，红腹锦鸡左右都死了两个，挪出来的地方呢，正好给孔雀儿。王一帆喜欢这么叫它，孔……雀……儿，有一种一见如故的亲切，就像多年后他第一次叫我：袁冬冬！冬冬儿！

孔雀儿三岁了，正是而立之年，性子沉稳，到动物园两天，还没有发过言。按理说孔雀儿应该买一对，卖家也说，孤零零一只，去哪里求偶，为哪个开屏？但到了十月，王一帆连烟都戒了，他说，免得我多咳两声，别个都以为我是奥密克戎。王一帆拿不出母孔雀的钱，但他研究了很多视频，放心地对我说，可以开，孔雀儿好说，智商不高，哄一哄就开了。

孔雀儿确实好说，什么都吃，基本可以当鸡养，饲料，苞谷，嫩乎乎的树叶，瘪下去的干豆子，下过雨后树根下一窝一窝的蚂蚁。卖家当时特意强调，西双版纳孔雀，从小爱吃蘑菇。王一帆就买了菌丝和营养土，自己在园子里种蘑菇。营养土太营养，菌丝失了控，一茬茬往外涌，孔雀儿吃不完，王一帆天天用电磁炉煮蘑菇汤。家养蘑菇的土腥味儿在园里整日盘旋，我一阵阵干呕，王一帆却兴高采烈喝着蘑菇汤，说：差不多了，都准备得差不多了！

王一帆一直在准备，买下孔雀儿只是第一步。他注册了一个抖音账户，又去乱葬岗悉心翻了好几个晚上，最后装了一板车彩灯，拉回园子里。天凉了，秋风一阵阵在园里回旋，呜呜咽咽的，像星光夜市上的葫芦丝。孔雀儿思乡，整夜与风合奏，我也是那时候才知道，孔雀儿不爱出声，因为一出声就是哀音。我们挂了两天，才把板车上的彩灯挂完，黄桷树上，银杏树上，猴山上，月季花丛里，老虎儿笼子外也累累垂垂挂了几串，老虎儿不喜欢，一爪下去都毁了，王一帆说，我们老虎儿还是可以哦，王者风范。但老虎儿很老了，虎须和眼角一起下垂，是一个没有什么未来的王。灯挂好了，在暗夜里齐齐亮起来的那个时刻，有一种元春省亲的气派，但那个时刻只持续了几分钟，王一帆说，省点儿电哒，直播的时候再开，对了，流量你充够了没有？

我原本以为王一帆有什么惊天大计，哪个晓得他不过是要搞直播。他连个画质像样的手机都没有，提前预约了我的 iPhone13，这是我失业前买的最后一件体面东西，我对这个手机珍重到甚至仔仔细细自己贴了个膜。按照王一帆的意思，万事俱备，早就该干起来了，王一帆相信早一天永远强于晚一天，但天不遂人愿，他一直在等歌舞团。

歌舞团业务太繁忙了，王一帆说，提前半个月就要把人家的日程确定下来。

我想到那个穿花花浪浪超短裙的领舞幺妹：能不繁忙吗？红事白事都要上，体力活，一般人做不下来。

王一帆大概也想到了那个幺妹，露出向往神情：人家体力好好哦。

八月，我跟着王一帆去乡下吃了个白席。我说，不好意思吧，也不认识。王一帆说，帽子坡远的三姑爷爷，我也不认识，走嘛，见识一哈。

我就去见识了一下，随了一百块份子，又送了一匹花布。白席按说不能有大荤，但这三年大家都憋坏了，逮到一个机会杀猪，就要快乐地杀起来。三姑爷爷停在内屋，我们草草磕了头，挤在坝子上吃蹄花汤和酸辣血旺，全村的人怕是都来了，现场弥漫着快活的空气，坝子前面搭了舞台，挂了歪歪扭扭的挽联，"寿钟德望在，身去音容存"，横批"哀地悲天"，中间有三姑爷爷的照片，戴着军帽，神色庄严。王一帆续了一碗蹄花汤，说，三姑爷爷长得多帅。

我原本以为舞台最后是用来出殡时演奏哀乐，谁知道席面吃到一半，突然来了个珠光宝气的歌舞团，自己在舞台中央立一根长而生锈的大铁管，就这样跳起了钢管舞。都以为钢管舞就要脱衣服，但人家脱倒是没有脱的，八月，领舞那幺妹的亮片背心湿透了，就在三姑爷爷眼皮子下面，完完整整展现了自己结实浑圆的胸型。乡里乡亲纷纷露出见过世面的微笑，而我和王一帆像两个乡巴佬，不好意思看，又舍不得不看。舞跳到最后，幺妹扭着腰下了舞台，天女散花般发小名片，上面印着幺妹的精修大头像，旁边七个彩虹大字，"艳光四射歌舞团"，翻过来是业务范围：红事，白事，寿宴，百天，升学，分手。我问王一帆，分手是什么意思？他说，可能离婚了，跳个钢管舞庆祝一下。我说，现在自贡流行这个哦？王一帆说，不晓得，我离婚的时候还没兴这些。

孔雀儿和彩灯都安顿好之后，王一帆每天给艳光四射歌舞团的幺妹打电话。过了十一，每个地方都在搞落地检，王一帆在高速口转了一圈，回来汇报说，现在要捅鼻子了，喉咙也捅，说是双保险。生活太保险了，红白事都搞不起来，歌舞团的业务就相当干涸，幺妹说，她可以出来接个私活儿，但价呢就还是那个价。幺妹说得也对，她一个人跳，左右都是老虎啊孔雀啊，确实是很寂寞。看在王一帆的诚意上，幺妹降了一次价，又降了一次价，最后再来了个友情价，终于到了一个双方都勉勉强强可以接受的数字上，谈好了，直播赞赏幺妹三成，动物园七成。我说，哪个会给动物园赞赏哦？王一帆亢奋到搓手，你晓不晓得每天好多人看熊猫儿的直播？

我不忍心说什么，但心里想的自然是：你又没得熊猫儿，你的小熊猫儿都要啃不动苹果了，你晓不晓得？

王一帆沉浸在抖音的梦里：11月24号，星期四，感恩节，文案我都想好了，"艳光四射动物园"。

我有点担心：会不会被封号哦？你让幺妹跳舞的时候控制一哈哦，也不要太奔放了。

王一帆的担心：孔雀儿到时候到底会不会开屏哦？但他和我们所有人一样，特别擅长自己找到一条路：我跟幺妹说了，穿花点，蓝绿色系，给孔雀儿一点压力，有压力它就能开屏。

我说：万一压力太大了，拉胯了呢？

王一帆信心满满：不得，我亲自选的孔雀儿，心理素质好，不得拉胯。

24号下午，幺妹来了，短袖短裤回力鞋，背了一个巨大的红黄蓝编织袋，素着一张脸，像准备回乡过年的打工妹，一点没有艳光四射。王一帆激动到搓手，早早收拾出一个空笼子给幺妹搞造型，那笼子以前是装狐狸的，狐狸聪明得不得了，和公园里的野狗暗中接应，狗咬了锁，狐狸成功越了狱。它也没走远，和狗们混在一起，仍在彩灯公园里晃来晃去，谋个生路。王一帆说，有几次遇见了，狐狸蓬头垢面，毛色发暗，看着也颇为艰辛。他一直想着狐狸也许会回来的，所以就留着那笼子。但狐狸一直没有回来，它过得不好，但它不想回来。

狐狸笼子经过反复冲洗，仍有一股骚味儿，幺妹在里面整了两个小时造型，出来时脱胎换骨，像狐狸精终于修炼出人形，就此祸害人间。幺妹用了心，身上是一条闪得不得了的亮片短裙，又另有一件孔雀羽毛密密织成的斗篷，幺妹一披上去，别说孔雀儿，我都想开屏。

王一帆满意得不得了，一直搓手：这下得行了，这下肯定得行了。

直播晚上八点半开始，王一帆说，要等大家都吃完晚饭。十一月，天早早黑了，我们开了所有的彩灯，在旋转灯球下激动不安地吃牛肉抄手，今天的抄手是王一帆亲自包的，扎扎实实，一个抄手五钱肉，龟都吃激动了，梗着一个小头，久久不肯回到壳里。幺妹原来和孔雀儿一样，沉默寡言，顶着满脸亮晶晶闪粉，闷头吃抄手。

抄手还没吃完，王一帆接了个电话，霓虹灯球在他脸上飞速旋转，我刚想放野狼disco，王一帆说：着了，我密接了。

我没听懂：什么？

王一帆后退几步，又摸来摸去摸出一个乌糟糟的口罩，戴上后遥遥跟我们说：密接，我现在是密接了。

我吓了一跳：你咋密接的呢？

王一帆说：我楼上确诊了，我是密接。

就你正楼上啊？

不是，我三楼，那人十七楼。

这隔了帽子坡远哒？

十字花，你晓得不？我现在是十字花。

我晓得，十字花哪个还不晓得……你要去方舱了啊？

不晓得，也有可能哦，喊我等斗。

等哪个？

不晓得，就喊我等斗，先自我隔离。

你去哪儿自我隔离？

动物园，哪儿不能隔离？

七点三十分，王一帆从狐狸笼里被大巴接走，走之前穿上防护服，这么一看又像一个人终是炼成妖形。大巴几乎满了，不知道是同时空还是十字花，大家都胖胖的，都穿着防护服，像一车各式妖精，刚刚成了妖，都有点惶恐，惴惴不安，等待自己的命运。

王一帆过了半个小时给我打视频，扯着嗓子喊，该直播直播哦，别忘了我们的口号。

我嗓子有点哑，说：你小声点，听得见。

他还是扯着嗓子：你说啥子！听不清！

他们好像停在什么荒山野岭，风声呼啸，我想，妖精待的地方是那样。

我们的直播八点半准时开始。园子里的灯都亮了，霓虹灯球疯狂闪烁，扫射四周，无人幸免，光所过之处，都是属于过去的遗迹。除了猛兽区，我打开了所有的笼子，但大家都呆呆的，望着敞开的门，不明所以，骆驼是这样，八角是这样，连孔雀儿也是这样，原来孔雀儿已经忘记了西双版纳，它可能也不再需要蘑菇，它会留在我们的动物园里，一直开屏，一直开屏，开到死为止。

幺妹出场了，她找了一会儿才找到我的手机摄像头，幺妹缓缓展开斗篷，露出久经驯化的迷人微笑，说，欢迎来到艳光四射动物园！

直播间里只有我一个人。也只有我看见，在镜头之外的地方，龟走出了笼子，慢慢慢慢地，往灯球没有扫射到的地方走去。只有龟找到了黑暗，藏在黑暗里。

图书在版编目（CIP）数据

木星时刻/李静睿著. —桂林：广西师范大学出版社,2023.10
ISBN 978 - 7 - 5598 - 6401 - 7

Ⅰ.①木… Ⅱ.①李… Ⅲ.①短篇小说-中国-当代
Ⅳ.①I247.7

中国国家版本馆 CIP 数据核字（2023）第 188054 号

木星时刻
MUXING SHIKE

出 品 人：刘广汉
责任编辑：刘　玮
助理编辑：陶阿晴
装帧设计：侠舒玉晗
营销编辑：康天娥

广西师范大学出版社出版发行

（ 广西桂林市五里店路9号　　　　邮政编码：541004 ）
（ 网址：http://www.bbtpress.com ）

出版人：黄轩庄
全国新华书店经销
销售热线：021 - 65200318　021 - 31260822 - 898
山东韵杰文化科技有限公司印刷
（山东省淄博市桓台县桓台大道西首　邮政编码：256401）
开本：890 mm×1 240 mm　1/32
印张：6.5　　　　　字数：137 千
2023 年 10 月第 1 版　　2023 年 10 月第 1 次印刷
定价：69.00 元

如发现印装质量问题，影响阅读，请与出版社发行部门联系调换。